KB270763

문학과지성 시인선 4

왕자가 아닌 한 아이에게

오규원 시집

문학과지성사에서 펴낸 오규원의 시집

이 땅에 씌어지는 서정시(1981)
가끔은 주목받는 생이고 싶다(1987; 개정판 1994)
사랑의 감옥(1991)
길, 골목, 호텔 그리고 강물소리(1995)
한 잎의 여자(1998; 시선집)
토마토는 붉다 아니 달콤하다(1999)
오규원 시 전집 1·2(2002)
새와 나무와 새똥 그리고 돌멩이(2005)
나무 속의 자동차(2008; 동시집)
두두(2008)
분명한 사건(2017, 문학과지성 시인선 R)

문학과지성 시인선 4

왕자가 아닌 한 아이에게

초판 1쇄 발행 1978년 9월 30일
초판 20쇄 발행 1994년 4월 15일
재판 1쇄 발행 1995년 1월 20일
재판 9쇄 발행 2023년 2월 14일

지 은 이 오규원
펴 낸 이 이광호
펴 낸 곳 ㈜문학과지성사
등록번호 제1993-000098호
주   소 04034 서울 마포구 잔다리로7길 18(서교동 377-20)
전   화 02)338-7224
팩   스 02)323-4180(편집) 02)338-7221(영업)
전자우편 moonji@moonji.com
홈페이지 www.moonji.com

ⓒ 오규원, 1995. Printed in Seoul, Korea

ISBN 89-320-0060-2

문학과지성 시인선 4

왕자가 아닌 한 아이에게

오규원

1995

自 序

이 책에 수록된 작품들은 1973~1978년 사이의 다음과 같은 시기의 산물이다.

제Ⅰ부는 시선집 『사랑의 기교』(1975) 이후 지금까지 여기저기 발표한 것이며,

제Ⅱ부는 1977~1978년 사이 9개월 동안 『현대시학』에 연작의 형태로 발표한 것을 약간 손질했으며,

제Ⅲ부는 『순례』(1973) 이후부터 시선집 『사랑의 기교』(1975)에 이르기까지의 것들이다. 제Ⅲ부는 시선집에 수록되어 있으나, 시선집이 아닌 이번 작품집에 넣는 게 마땅하다는 주변의 충고를 따라 다시 넣었다.

1978년 9월
오 규 원

차 례

▨ 自 序

I

I

용산에서

詩에는 무슨 근사한 얘기가 있다고 믿는
낡은 사람들이
아직도 살고 있다. 詩에는
아무것도 없다
조금도 근사하지 않은
우리의 生밖에.

믿고 싶어 못 버리는 사람들의
무슨 근사한 이야기의 환상밖에는.
우리의 어리석음이 우리의 의지와 이상 속에 자라며
흔들리듯
그대의 사랑도 믿음도 나의 사기도 사기의 확실함도
확실한 그만큼 확실하지 않고
근사한 풀밭에는 잡초가 자란다.

확실하지 않음이나 사랑하는 게 어떤가.
詩에는 아무것도 없다. 詩에는
남아 있는 우리의 生밖에.
남아 있는 우리의 生은 우리와 늘 만난다
조금도 근사하지 않게.

믿고 싶지 않겠지만
조금도 근사하지 않게.

당신을 위하여

　당신은 구체적인 것을 원합니다. 당신의 옷, 당신의 구두, 당신의 얼굴이 구체적이듯이 나의 말도 그와 같이 되기를 원합니다. 그러나, 당신은 당신의 눈을 아시는지요?

　이런 우화는 어떻습니까?

　봄입니다. 길이 끝난 곳에 층계, 층계가 끝난 곳에 뜰, 그 꿈의 뜰에 어제 저녁 천사들이 타고 온 마차가 한 대. 그 옆에는 예쁜 천사의 발자죽이 몇 개 찍힌 채 놓여 있습니다. 꽃나무는 하루종일 뜰을 위해 꽃씨를 만들고 바람은 안개를 쓰레질하고, 구름이 놀러오도록 하늘을 말끔히 닦아놓습니다.
　한낮이 되면 가끔 천사를 태우고 왔던 마부가 뜰 위에 휙휙 불어던진 휘파람이 나타나기도 하고, 심심한 꿈들은 휘파람과 함께 천사의 발자죽 옆에 자기의 발자죽을 찍어보기도 합니다.
　봄, 마을입니다. 한 방에서는 책상 밑의 먼지가 조용히 숨을 죽이고, 의자의 낡은 나사도 삐걱거리는 소리를 멈추고, 서산으로 넘어가던 해도 한동안 노을 속에 서서 오늘 이루어질 꿈의 색깔을 생각합니다. 시간도 마을도 잠깐 걸음을 멈추고 거울도 옷걸이도 책상도 모두 바람에 등을 기댄 채 가만히 귀를 열고……

늦은 봄. 숲속에서는 어느새 봄이 이삿짐을 꾸리고 있습니다. 천사가 몰고 온 마차 곁에서 내년에 뿌릴 꽃씨와 아지랑이 그리고 보슬비를 가방에 넣고 난 뒤, 숲을 한바퀴 돌며 꽃냄새와 새소리와 악수를 나누고 하느님께 보고할 장부를 옆구리에 끼고, 손을 흔드는 나무와 풀과 너울꽃에게 인사를 던지며 봄이 마차에 오르고 있습니다. 꿈의 대문이 반쯤 열리고 마차가 빠져나가고 있습니다. 지구에서 천천히 봄이 떠나고 있습니다.

보십시오
지구에서 봄이 천천히 떠나고 있습니다.

질문이 없으면
봄을 보내겠습니다.
당신은 무엇인가 잃어버린 게 있습니다.
당신이 행복한 이유는 잃어버린 그것에 있습니다.

커피나 한잔

커피나 한잔, 우리들께서도 커피나 한잔, 우리들의
緘默, 우리들의 拒否께서도 다정하게 함께 한잔. 우리들
을 응시하고 있는 창께서도, 창밖에서 날개를 비틀고 있
는 새께서도 한잔. 이 50원의 꿈이 쉬어가는 곳은 50원
어치의 포도 덩굴로 퍼져 50원어치의 하늘을 향해 50원
어치만 웃는 것이 기교주의라고 우리들은 누구에게 말
해야 하나.

용납하소서 기교주의여, 기교주의의 시간이여 커피나
한잔. 살의 사실과 살의 꿈을 지나 살의 노래 속에 내리
는 확인의 뿌리께서도 한잔 드셨는지. 저 바람의 비난과
길이 기르는 불편한 발자국과 그 길 위에 쌓이는 음울한
死者의 목소리를 지나 우리들께서는 무엇을 확인하시려
는가, 우리들께서는 그 패배로 무엇을 말하시려 하는가.

풀잎은 이유 때문에 흔들리지 않고, 풀잎은 풀 때문
에 흔들린다고 잠 못 드신 들판께서도 피곤하실 테니 커
피나 한잔.

버리고 싶은 노래

새는 날아가서, 바람을 만나 바람에게
몸 하나 아쉽지 않게 주어버린다.
새는 날아가서, 날아가는 것들의 허리에 감기는
하늘을 하늘 그곳에 버린다.
날아가는 것들의 법을 그리고
이 계절의 자유를 여름에게 주어버린다.

주고 또 버리기——金哥 이름 金哥에게 주고
여름으로 가는 길은 무덥고 길다.
여름의 사랑이다, 이것이. 수레는
조금씩 광기를 발산하며 여름으로
가는 길을 무더움에게 묻고,
새의 일은 행복하게도
평화로 인간에 의해 기록된다.

金哥 이름 金哥에게 주고,
길에게 물어 楊平 이름 楊平에게 주고,
밤술집 갈보에게 갈보 주고,
새야, 긍정의 나라는 행복하게 황량하다만
새야, 너의 왕국의 바다는 떠나는 배를
떠날 때 잘 떠나게 하는가?

문득 잘못 살고 있다는 느낌이

잠자는 일만큼 쉬운 일도 없는 것을, 그 일도 제대로
할 수 없어 두 눈을 멀뚱멀뚱 뜨고 있는
밤 1시와 2시의 틈 사이로
밤 1시와 2시의 공상의 틈 사이로
문득 내가 잘못 살고 있다는 느낌, 그 느낌이
내 머리에 찬물을 한 바가지 퍼붓는다.

할말 없어 돌아누워 두 눈을 멀뚱하고 있으면,
내 젖은 몸을 안고
이왕 잘못 살았으면 계속 잘못 사는 방법도 방법이라고
악마 같은 밤이 나를 속인다.

아침부터 소화가 안 되는
얼굴을 한 꽃에게

또 무슨 일인가. 아침부터 소화가 안 되는 얼굴을 하고 오른쪽 허리를 약간 꺾은 채 서서, 하늘을 보았다 나를 보았다 하는 꽃이여. 요즘은 늘 소화가 안 되는 것을, 어제까지는 소화가 잘된 양 착각하고 있는 불행한 사태는 아닐 터이고, 훼스탈을 먹는 일보다 훼스탈을 우리와 함께 여기 있게 하는 그 일로 우리가 존재함을 혹시 내가 잊을까 그런 얼굴을 다시 해보이고 있는가.

그것도 아니라면. 그 얼굴이 그대의 웃는 얼굴인 것을 또는 가장 매혹적인 그대의 자태인 것을, 그대를 잘못 보고 있듯 내 눈 깊숙한 어느 부분에 사실을 사실대로 보지 못하게 하는 병이 있음을, 늦지 않게 더 늦기 전에 알아두라는 뜻인가. 그 어느 쪽이든, 고맙다 꽃이여.

고통이 고통을 사랑하듯

나에게는 나의 결점
고통에게는 고통의 결점

내가 나를 사랑하고
내가 나의 결점을 사랑하듯
고통이 고통을 사랑하고
고통이 고통의 결점을 사랑하듯

오늘보다는 내일, 내일보다는
내일의 내일에 속고 마는 나를
오늘의 시간이여, 내가 그 사랑을 알고 있으니
마음놓고 사랑하소서

코스모스를 노래함

거리에서, 술집 뒷골목에서, 그리고 들판에서 가을은
우리를 역사 앞에 세운다.

거리에서 가을은 느닷없이 1906년 2월 1일, 일본이 한
국통감부를 설치한 일을 아느냐고 묻는다. 술집 뒷골목
에서 조금씩 비틀거리는 내 앞을 가로막고 1960년 4월
25일에 대학 교수단 데모가 있었다고 말한다.

1960년 5월 29일에는 이승만 전대통령이 하와이로 망
명하고, 1910년 6월 24일에는 구한국이 일본에 경찰권을
이양, 1885년 10월 8일에는 일본인이 민비를 살해, 1905
년 11월 4일에는 민영환이 자살, 1947년 12월 22일에는
김구가 남한 군정 반대 성명을 발표했는데,

다시 보라고 하는구나. 이런 것과는 아무 상관이 없
는 듯한 자질구레하기만 한 우리의 집 뒤와 골목에서,
느닷없이 또는 고통스럽게 죽어가야만 했던 사람들이
걸어간 발자국을 되살려놓고 우리들이 잊을까봐 저기
저렇게 가을이 해마다 보여주는, 죽어가야만 했던 사람
들의 찢어진 옷이며 살점이며 피, 핏방울……

亡靈童話

다방 '제비' 또는 李箱

우산을 펼치고 다방 '제비'가 비 오는 세상을 받쳐들
고 있습니다

비가 와도 이상의 하늘은 젖지 않습니다

파이프 담배로 이상은 젖지 않는 세상을 흩뜨리고 있
습니다

세상은 추상화로 서서 이상을 화면 밖으로 밀어냅니다

나는 고무신을 끌고 한쪽이 비어 있는 이상의 눈 속
으로 들어갑니다

비어 있는 이상의 하늘을 금홍은 브로치로 앞가슴에
달고 내 앞을 지나다닙니다

리건이 포드보다 대통령 후보전에서 앞서기 시작했다
고 5월의 커튼이 흔들립니다

나는 청바지 히피들이 좋아 신문에서 사진을 오려 이
상의 눈 속에 붙여줍니다

연탄 또는 한 사내의 죽음

연탄 가스로 죽은 사내의 관이 두 사람을 끌고 아파
트 정문을 나갑니다

구경꾼 속에서 라일락이 나와 관을 따라 현실 밖으로

함께 나갑니다

　세상은 밖으로 나가도 길로 이어집니다

　죽은 사내의 집 앞에 관이 죽은 사내의 여자들을 세
워놓고 오래 세상을 밟게 합니다

　죽음은 완료되지 않습니다

　죽음은 여자들의 다리 사이로 오가며 여자들의 다리
를 살찌웁니다

　TV에서는 서부 영화가 한창입니다

　관 위에 얹힌 관만한 하늘을 관이 데리고 갔습니다

　그 구멍에 연탄만한 태양의 한쪽 엉덩이가 걸려 서울
시가의 어느 한 부분은 햇빛이 너무 많습니다

보물섬
──환상 수첩 1

나의 장난기──꽃, 그 여자의 앞가슴 단추를 따고 손가락 하나를 곧추세워 유방의 꼭지를 누른다. 간지러운 사물의 젖꼭지, 부끄러운 본질의 아름다움. 세상의 순수한 모든 것은 장난을 좋아한다. 나의 장난──나의 순수와 그 철없는 사물과의 사랑.

내 앞의 현실, 나의 가장 아름다운 해체, 나의 가장 아름다운 환상의 입체. 빌딩과 기와집과 오물이 뒹구는 골목 사이로 가면 기름투성이 먼지를 뒤집어쓴 잡풀들. 극기로 가는 내 꿈의 잔해들이다.

자꾸만 내려앉는 하늘, 내려앉은 하늘이 빌딩의 사각 모서리에 걸려 있다. 그 밑에서 호흡이 가쁜 사람들이 노란 해바라기 형상이다. 광기, 꿈의 흑점이 내리박히는 해바라기, 그 위로 알몸을 드러내는 도시의 권태. 몇 사람이 구름에 사다리를 걸고 위로 위로 오르고 있다. 끝없이──어디에선가 착각처럼 예루살렘의 닭이 운다. 내 귀의 장난?

사람들은 강박관념을 앓는다. 전염병이다. 사물들은

문을 닫아걸고 그들끼리 산다. 말도 그들끼리, 고독도
그들끼리, 사랑도 그들끼리. 나는 짓궂은 어린이, 모험
을 즐기는 동화 속의 한 아이. 보물섬의 젖꼭지를 누른
다. 나의 철없는 사랑. 간지러운 섬의 젖꼭지, 몸을 비
틀면 딸기와 포도 덩굴이 뒤덮인 바위가 보인다. 나는
매일 보물섬으로 가는 배를 탄다. 보물섬의 있음──
오, 순수한 모순이여. 나는 아버지를 반역하고 흔들리며
흔들리는 만큼의 쾌락에 잠긴다. 시커먼 동굴이 있는 그
것으로 이미 나는 행복한 자. 나는 세상이 모두 길로 이
어져 있음을 길에서 보았다.

하늘 가까운 곳
—— 환상 수첩 2

스무 살 때의 나는 엉터리 국수주의자, 커피와 짜장면과 우동을 거절했다. 지금의 나는 하루에도 다섯 잔의 커피, 정철보다 히피의 기타쟁이의 환상. 그 나라를 아세요? 환상의 나라는 길의 나라, 벽에도 그물처럼 수많은 문이 달려 있다. 구부러진 나의 O형 다리와 그물코 사이로 시간과 함께 천천히, 천천히 걸어나가 한 나라를 보면, 그 나라는 사랑의 虛數. 그 속에 내 방이 납작하게 끼어 있다.

1층보다 하늘과 가까운 곳에 있는 2층 목조의 방은 나의 현실. 어딘가 불편한 소리가 층계의 잠을 깨운다. 두드려도 열리지 않는 다른 방의 문, 내가 혼자의 자유로 여기 있음을 증언하지 않는 증인, 대낮에도 나의 방은 1층으로부터 우주로 이륙할 수 있음을 말해주지 않는 집, 나는 그 속에서 그리운 먼지 냄새에 묻혀 홍길동을 읽는다. 길동을 따라 시간 밖으로 나가서, 시간 밖으로 나가서 비로소 보이는 등기되지 않은 현실.

—— 당신의 눈에도 보입니까?
등기되지 않은 현실.

소리에 대한 우리의 착각과 오류
──환상 수첩 3

나의 꿈 시대, 너의 꿈 시대, 꿈의 시대가 산으로 갑니다. 산은 어디에?

나를 내려놓고, 오후 3시, 그 사람이 고속버스로 서울로 갑니다. 언어가, 모순이, 사랑이 고속버스를 타고 오후 3시를 지나갑니다. 내 앞에는 서울로 가는 길이 고속버스가 가지고 가고도 많이 남아 있습니다. (서울은 참 아름다운 곳입니다!) 나는 터미널에 사지가 짐짝처럼 포개져 놓입니다. 내가 보는 앞에서 오후는 꽝꽝 문을 잠그고 시간을 오뉴월 개처럼 방목합니다. 심심해서 문이 잠긴 오후의 심장을 두드려봅니다. 무반응.

산은 어디에? 산은 모기 소리 속에. 영양이 풍부한 어둠 속에 뿌리를 뻗고 있는 산의 맥. 산에는 말이 없고 소리만 있습니다. 새소리, 돼지 소리, 바람 소리. 그리고 모기 소리. 소리에 대한 우리들 사랑의 착각과 오류를 혹시 아십니까? 처음에는 새소리를 사랑합니다. 다음에는 돼지의 소리, 그 다음에는 바람의 발자국 소리에 잠이 깹니다. 그리고 그 다음에는? 밤이다아, 어둡다아, 아아아, 하고 우는 모기의 소리를 들은 적이 있으십니까?

산에도 밤에는 모기가 웁니다. 아아아, 어둡다아.

병자호란

　여름, 방문을 걸어잠근다. 섭씨 35도. 벽면에 땀방울
이 계속 솟아올라 차례로 엉킨다. 한국사는 이조 후기에
그대로 멈추어 책장이 넘어가지 않는다. 병자호란 때 책
정된 세공 품목, 米 10,000包, 布 1,400疋, 各色細布
10,000疋 등 23개항의 몇만 개의 동그라미가 길바닥에
주저앉아 하늘을 우두커니 보고 있다. 황금 일만 냥의
더위, 대기의 移動軍이 병자년의 동그라미 앞에 발이 묶
인다. 유리의 벽, 보이지만 닿지 않는 세계.

　역사——기호화된 언어, 누군가 도끼로 언어의 심장
을 빠개는 소리가 들린다. 존재해 있음의 소리.

戲　詩

　　이것은 詩 이야기가 아닙니다. 학교에서 공짜 비슷하게 얻어 배운 그 많은 지식마냥 졸업장만 받아두고 깨끗이 반납해버린, 그런 것 중의 하나입니다. 공짜 이야기가 나왔으니 말입니다만, 나는 공짜를 정말 좋아합니다. 나는 공짜로 어머니 눈물 한 방울, 神酒 한 잔, 삼류 화가 그림 한 점, 여자 손톱깎기, 꿈, 이런 것들을 받은 역사가 있습니다. 공짜는 달콤하고, 달콤한 꿈의 한때 역사는 알사탕! 알사탕을 먹는 시간은 짧고 口腔의 空은 깁니다.

　　꿈의 역사, 노래의 역사, 팬티의 역사, 발가락의 역사——빨래줄의 빨래마냥 그리운 냄새는 떨어져 강으로 가고 하늘로 가고. 역사 이야기가 나왔으니 말입니다만, 한 사람이 살다가 죽은 역사가 있습니다. 나무가 말을 한다는 신화를 믿은 한 바보가 살았지요. 그 사내는 한 그루 나무가 말을 할 때까지 기다렸지요. 기다리며 귀를 갈고, 기다리며 코를 갈고, 그렇게 한 그루 나무를 쳐다보며 살다가, 나무를 바라보는 눈 그대로, 귀 그대로 그곳에서 죽고 말았습니다.

웃기지요? 그런데 한 사람이 죽었다는데, 왜 우리는 우습기만 한지 혹시 아시나요?
뭐라고요? 무엇이라고요?
개새끼!

나의 데카메론

2월 6일, 일요일. 10시 5분전 기상. 커튼을 걷고 창밖을 내다봄. 거리는 오늘도 안녕함. 안녕한 거리에 하품 나옴.

변소 2번(처음에는 대변, 다음에는 소변) 왕복함. 소변 후 내려다보인 남근 새삼스러워 한번 들었다 놓음. TV 스위치 1번 누름. 재미없음. 『오늘의 스타』란 책 1분 만에 다 봄. FM 라디오 스위치 누를까 하다 그만둠. 심심해서 시계를 보았더니 시간이 엿가락처럼 늘어져 누운 채 "이 병신, 일요일이야!" 함

生界엔 별일 없음. 문협 선거엔 미당이 당선된 모양이고, 내 사랑 서울은 오늘도 안녕함. 서울 S계기의 미스 천은 17살(꿈이 많지요), 데브콘에이 중독. 평화시장 미싱공 4년생 미스 홍은 22살(가슴이 부풀었지요), 폐결핵. 모두 안녕함.

亡界의 수영은 김우창의 농사가 잘 되어 술맛이 좀 풀린다고 히죽 웃음. 오후 3시, 엿가락처럼 늘어져 누워 있는 나에게 亡界의 쥘르 형으로부터 편지 옴.

오, 정말 쓸모 없는 시인이구나
너무 들어박혀 있으면 병들지
이렇게 좋은 날씨에 방구석에 박혀 있는 사람은 없지
약방에 가서 싸구려 해열제라도 사와라
그것도 좀 운동이 될 테니까.
좀 운동이 될까 하고 하품 다시 함.

* 본문 중 4행의 라포르그 시는 「일요일」에서 인용.

가나다라

가까운 곳에, 꿈 옆에, 꿈의 기집 권태가 누워 있습니다. 노란 신비가 자라는 논밭. 노란 주둥이를 내밀고 오늘도 어린 것들이 권태의 젖을 빨며 자라고 있습니다.

나일강은 여기에서 먼 곳. 그러나 여기까지 출렁출렁 들리는 물결 소리. 먼 곳과 가까운 곳, 이 언어의 관념을 수정하라고 아침마다 풍성한 사건을 들고 찾아오는 역사 앞에서

다락방, 다락방의 의미가 무엇인지 아시지요? 습기 찬 역사의 뒤뜰, 그곳에 재고량이 충분한 고독. 필요한 사람은 없으신지요?

라면 한 봉지에 45원.
그러나 45원짜리 고독은 이 땅 위에는 없습니다.

경복궁
——아관파천

경복궁이 이 나라의 왕 고종을 궁녀의 교자에 태워 중신과 백성 몰래 밖으로 내보내버린 것은 1896년 2월 11일. 영추문은 경복궁이 시키는 대로 門을 열고 정동 러시아 공사관에 얻어놓은 단칸 전세방으로 가는 길만 눈으로 가리켰다.

이 나라의 겨울을 겨울답게, 겨울답게 맞이하기 위해 왕을 내보내버린 뒤 빈 궁궐로 춥고 긴 겨울을 맞이하던 경복궁. 본 사람이 있는지 모르겠다. 그 경복궁 뒤뜰 한 돌담 모서리에 다음과 같은 내용의 문구가 새겨진 바위가 이끼로 덮여 있음을.

　　——나를 사랑해야지
내가 남보다 먼저 나를.
구두를 닦기 싫어하는 나를
구두에 먼지가 좀 있어야 내가 사실임을.

유다의 부동산

　김포가도에 올라선다. 순간, 무너지고 부서진 거리를 한강이 모두 내놓고 햇볕을 쬐고 있는 광경이 내 눈에 들어온다. 이 순간, 내 눈은 하느님의 눈이다. 고요하고, 따뜻하고, 사실을 사실로 사랑하는 긍정이 햇빛에 아름답게 반짝 빛난다.
　――내가 부활하려나?

　거리. 부동산 붐에 올라타고 청바지를 입은 젊은 부인들이 길 건너 아파트 공사장으로 떼지어 간다. 서부 사나이들처럼 늠름하게, 그리고 천천히. 부동산――움직이지 않는, 움직일 수 없는 재산. 겨우 아파트나 가옥이 부동산인 이 시대의 목수들은 습관처럼 십자가에 못을 쾅 쾅 박고 있다.
　――내가 부활하려나?

　나는 처음에 믿지 않았다. 어느 날 나를 찾아온 한 랍비가 들려준 말을. 감람산의 올리브나무 밑에서 나사렛의 예수가 유다의 두 팔을 잡고 울며 했다는 말을.

　나의 생애를, 저 이적밖에 바라지 않는 사람들을 위

해 이적에서 누군가가 나를 구해주어야 한다. 사랑은 이적이 아니라는 사실을, 사랑은 즐겁게 고통을 이해하는 힘이라는 사실을 모르는 저 사람들을 위해 나를 네가 구해주어야 한다. 부탁이다 유다여. 사람들은 극적인 것을 좋아한다. 극적인 것의 허구를 모르는 저 사람들은 영원히 허구를 모를 것이다. 그 사람들을 위해 나는 극적으로 죽어야 한다. 부탁이다. 유다여, 너만이 나를 위해 배반해줄 수 있다.

지금은 눈에 보인다, 아파트 공사장 위로. 예루살렘으로 가는 게헨나 언덕에 나사렛의 목수와 헤어진 가룻 유다가 혼자 하루종일 쳐다본 하늘——그 유다의 부동산. 구름낀 그러나 마지막엔 끝없이 맑고 고요해지던 하늘.

그 회사, 그 책상, 그 의자

8월초, 그 회사 그 책상 그 의자에서 일어나 문밖으로 나선다. 거리. 오후 2시의 햇볕이 굶주린 진딧물처럼 내 목덜미와 팔에 새까맣게 착착 달라붙는다. 내 피부는 금방 흐물흐물 녹기 시작한다. 나보다 먼저 이 땅의 햇볕에 흐물흐물 녹아 있는 길들. 형체가 없어진 그 길, 그런 길 위에서 사람들은 방향의 감각을 잃고 있다.

길을 알기란 어렵지 않다고 연암은 말했던가? 道不難知 惟在彼岸. 길은 강 언덕에 있다? 길이 있다는 강, 한강 쪽으로 발을 옮겨놓는다. 발을 옮겨놓을 때마다 녹아버린 길의 허연 살점이 신발에 엉겨붙는다. 움직이고 있음 또한 살아 있음을 진행형으로 말하는 강, 움직이고 있음 또는 살아 있음을 진행형으로 말하는 우리의 말과 우리의 시간의 속은 그래서 늘 캄캄하다. 강물 속처럼. 암호의 움직임처럼.

길이 있는 곳은 소리가 있다? 소리가 있는 한강변. 자동차 엔진 소리. 액셀러레이터 밟히는 소리. 시멘트 바닥을 긁어내며 차바퀴가 구르는 소리. 달아나는 소리. 쫓아가는 소리. 호루라기 소리! 소리, 소리, 소리, 소리

가 휘두르는 칼에 잘려나가는, 그리고 잘려나간 한강변
사람의 감수성을 한강변 사물이 지하로 재빨리 운반하
는 소리. 아, 덥다. 한강변 소리의 천국.

이 시대의 순수시

자유에 관해서라면 나는 칸트주의자입니다. 아시겠지만, 서로의 자유를 방해하지 않는 한도 안에서 나의 자유를 확장하는, 남의 자유를 방해하지 않기 위해 남몰래 (이 점이 중요합니다) 나의 자유를 확장하는 방법을 나는 사랑합니다. 세상의 모든 것을 얻게 하는 사랑, 그 사랑의 이름으로.

내가 이렇게 자유를 사랑하므로, 세상의 모든 자유도 나의 품속에서 나를 사랑합니다. 사랑으로 얻은 나의 자유. 나는 사랑을 많이 했으므로 참 많은 자유를 가지고 있습니다. 매주 주택복권을 사는 자유, 주택복권에 미래를 거는 자유, 금주의 운세를 믿는 자유, 운세가 나쁘면 안 믿는 자유, 사기를 치고는 술 먹는 자유, 술 먹고 웃어버리는 자유, 오입하고 빨리 잊어버리는 자유.

나의 사랑스런 자유는 종류도 많습니다. 걸어다니는 자유, 앉아다니는 자유(택시 타고 말입니다), 월급 도둑질하는 자유, 월급 도둑질 상사들 모르게 하는 자유. 들키면 뒤에서 욕질하는 자유, 술로 적당히하는 자유. 지각 안 하고 출세 좀 해볼까 하고 봉급 봉투 털어 기세 좋게 택시 타고 출근하는 자유, 찰칵찰칵 택시 요금이 오를 때마다 택시 탄 것을 후회하는 자유. 그리고 점심시간에는 남은 몇 개의 동전으로 늠름하게 라면을 먹을 수밖에 없는 자유.

이 세상은 나의 자유투성이입니다. 사랑이란 말을 팔아서 공순이의 옷을 벗기는 자유, 시대라는 말을 팔아서 여대생의 옷을 벗기는 자유, 꿈을 팔아서 편안을 사는 자유. 편한 것이 좋아 편한 것을 좋아하는 자유, 쓴 것보다 달콤한 게 역시 달콤한 자유, 쓴 것도 커피 정도면 알맞게 맛있는 맛의 자유.

세상에는 사랑스런 자유가 참 많습니다. 당신도 혹 자유를 사랑하신다면 좀 드릴 수는 있습니다만.

밖에는 비가 옵니다.
이 시대의 순수시가 음흉하게 불순해지듯
우리의 장난, 우리의 언어가 음흉하게 불순해지듯
저 음흉함이 드러나는 의미의 미망, 무의미한 순결의 몸뚱이, 비의 몸뚱이들……

조심하시기를
무식하지도 못한 저 수많은 순결의 몸뚱이들.

김해평야

김해평야를 껴안고, 좀 에로틱합니다만
김해평야의 입술이며 가슴이며 허벅지, 그리고 김해
평야의 발꼬락까지 더듬으며
손이 머물고 싶은 곳에 머물며
흘러갑니다 내가 아닌 낙동강이.
흘러갑니다 낙동강이 아닌 시간이 낙동강 위에 배를
띄우고
'아나고' 한 접시에 소주잔을 꺾으며.

김해평야. 시속 80km, 그 속을 고속버스가 지나갑
니다. 시속 80km에도 아직 익숙지 못한 풍경이 잠시
몸을 흐트립니다. 풍경의 삶, 그 잘 풀리는 허리띠와 아
랫도리.

김해평야의 길도 나의 집, 너의 집, 우리의 집으로 이
어져 있습니다. 멀리 보이는 것은 항상 불투명한 채로
방치하는 우리 정신의 다른 이름인 원근법——그 합리
주의의 길목마다 크고 작은 집을 짓고 사는 우리들. 방
에는 항문이 닿은 곳에 은은한 구린내가 납니다. 나도
구린내나는 나의 발바닥을 쳐다봅니다. 맹목적으로 반

짝반짝 윤이 나는 발바닥. 함께 내려다보던 나의 진폐증이 한심한 듯 나를 망치로 말뚝처럼 땅에 박아버립니다. 딱, 딱, 딱…… 그 바람에 나의 키는 하늘로부터 더욱 멀어집니다.

살아 있는 말뚝. 숨쉬는 말뚝. 말뚝, 말뚝이.

내가 머무니 나의 진폐증도 함께 머뭅니다. 평야——김해평야. 우리의 원근법 화폭을 충분히 만족시켜주는 넓고 아득함, 또는 아득한 풍성함의 땅. 그러나 풍성한 그것만큼 아무것도 잡히지 않는 한 풍경만 보여주는 우리의 1977년의 삶, 김해평야.

이 평야를 떠나지 못하는 나, 말뚝, 말뚝이. 얼럴럴럴 내기럴 꺼.

방아깨비의 코

방아깨비의 코
새앙쥐의 코
메추리의 코
그 작은 코 보셨습니까?

뜸부기의 입
뻐꾸기의 입
종다리의 입
그 작은 입 보셨습니까?

비가 오면 이 작은 것들도
비에 젖습디다
방아깨비의 코
뻐꾸기의 입

(표현의 엄밀성, 그러니까 표현하고자 하는 세계에
대한 인식의 엄밀성을 기술적으로 회피하고 있는 이 시
가 씌어진 날은 내가 空虛로 空치는 날.)

비 오는 날, 비가 오면

내 작은 눈, 입, 코, 귀도 비에 젖습디다.
눈 위에 빗방울, 코 위에 빗방울.

II

환상을 갖는다는 것은 중요하다
—— 楊平洞 1

왕자가 사는 나라에는 언제나
장난감 칼이 필요하고
왕자가 사는 나라에는 언제나
예쁜 공주가 필요하다.
왕자가 사는 나라에는 언제나
착한 백성들이 필요하고
왕자는 반드시 어릴 필요가 있다.

왕자는 왕의 아들
부왕이 죽을 때까지 어릴 필요가 있다.
왕자가 아닌 아이들은 아버지가
죽을 때까지 어리지 않아도 되고
아버지가 살아 있을 때
아버지의 아버지가 되어도 된다는 것을
동화책을 읽으며 나는 깨닫는다.

이기의 알사탕은 달콤하다.
우리가 사는 달콤한 알사탕의 사회
어른이 되어서도 달콤한 알사탕을 달콤하다고 하는
사회

환상을 갖는다는 것은 중요하다.
아버지보다 먼저 아버지가 되기 위해서는
아버지보다 먼저 아버지의 아버지가 되기 위해서는
환상이 필요하다.
여자가, 술이, 담배가,
섹스가, 도박이 필요하다.
섹스와 도박이 필요하다 민주 시민은.

저 혼자 즐거운 건 오뚝이. 오뚝이를 보고 있으면 이
조 역사가 생각나고, 이조 역사가 생각나면 한 사내가
떠오른다.
술을 몹시 좋아한 한 선비가 살았다
숙종 때.
장성으로 귀양을 가게 되자
그는 물었다, 그곳에도 소주가 있느냐고.
있다고 대답하자 그는 말했다
됐다.

長城으로 定配되어 죽은 吳道一은 幻想國의 거지. 字
는 貫之, 號는 西坡, 牛溪 成渾의 후학 允謙의 孫子. 현

종 癸丑에 文科及第, 숙종 때 大提學을 지낸 이른바 東
人 三學士의 한 사람. 그의 先祖인 鷁보다 뛰어난 점은
단 하나 酒量. 西人의 少論分子. 西人의 少論分子라도
長城에 소주 있어 됐다는 그가 좋아 나는 매일 만난다,
幻想國의 주막에서.

　　나의 싸움은 흰색과의 싸움
　　나의 싸움은 순결과의 싸움
　　왕자는 왕궁에 살고
　　나는 매일 만난다 아버지보다
　　먼저 아버지가 되기 위해 저희들끼리 소주를 마시는
　　양평동의 아이들을.

등기되지 않은 현실 또는 돈 키호테 略傳
——楊平洞 2

돈 키호테를 아시지요?
라 만차의 케하다 또는 키하다라는 이름의 50대 사내.

식탁에 앉아 한 손으로 턱을 괴고 창밖을 바라봄. 창밖의 풍경과 어울리게 아랫배에 힘을 빼고 선 나무들. 그 나무들의 라 만차.

어둠이 맥을 놓고 있음. 식탁 위의 요리, 양고기보다 쇠고기가 많이 섞인 고기 범벅, 야채, 수프, 빵. 어제와 그제와 또는 언젠가와 같이 그러함. 야채 몇 번, 고기 요리 두 번 포크로 쿡쿡 찔러 먹다 말고 창밖을 봄. 몬티엘 평야, 그도 같음.

어제 새로 맞춘 벨벳 바지와 구두 다시 꺼내 신고 입고 함. 그래도 아직 시간은 초저녁을 서성거림. 어디선가 웃음 소리. 돌아보니 책에서 나온 기사 고올의 아마디스, 베르날도 델 카르피오, 거인 모르간테가 서가 옆에 서 있음.

환상. 흔들리는 이상의 나무 잎사귀. 실바의 펠리시아노 기사담 다시 들다 팽개침. 등기되지 않은 현실, 환상. 등기되지 않은 현실 속으로 뛰어듦.

갑옷, 투구, 방패 손질함. 스스로 구속할 자기의 다른 이름들을 구함. 사랑을 바칠 여신도 한 명 정함. 이름하여 둘시네아 델 토보소.

아가씨여, 저는 마린드라니아섬의 주인, 거인 카라쿨리암브로이온데 라 만차의 돈 키호테님에게 단번에 패해, 아가씨 존전에 뵈오라는 분부를 받았습니다. 아가씨여, 이 몸을 마음에 드시는 대로 처분하옵소서. 미소가 떠오름. 창밖을 보니 파란 하늘에 흰구름이 가볍게 발을 옮김.

태양신 아폴로가 광활한 대지의 얼굴 위에 그 아름다운 황금의 수실을 펼쳐내자마자 色色小鳥들이 투정하는 남편의 품속을 빠져나와 라 만차의 지평선의 문과 발코니에 나타난 장밋빛 새벽 여신의 강림을 달콤한 노래로 맞아들일 틈도 없이, 라 만차의 케하다氏 아니 돈 키호테 로시난테에 올라 몬티엘 평야를 출발함. 한 손에 창을 들고 한 손에는 방패를 들고.
막막한 들, 그러나 딸각딸각 로시난테의 말발굽 소리. ──소리 또는 있음, 그대여. 그대 사랑하는 탓으로 고통을 사랑으로 선택하는 한 하인을, 그대는 용납하소서.

종일 말을 달림. 저녁에야 작부 둘이 서 있는 주막을
발견하고 길을 멈춤. 환상과 현실. 나의 현실은 내가 그
곳에 있으므로 나의 현실, 내가 그곳에 숨쉬므로, 내가
그곳을 느끼므로 나의 현실. 잠시 눈을 감았다 뜸. 너희
들은 작부. 아가씨들이여, 나의 말을 믿어주십시오. 여
러분의 외모에 분명히 나타나는 바와 같은 지체 높으신
아가씨들에게 해를 가하는 것은 제가 속한 기사단에 어
울리지도 합당하지도 않는 일입니다.

작부들, 작부답게 웃음을 터뜨림. 현실에서.
돈 키호테, 돈 키호테답게 웃음. 현실을 밟고 올라선
로시난테 위에서.

* 본고 중 고딕 부분은 소설 『돈 키호테』에서 인용.

한 나라 또는 한 여자의 길
──楊平洞 3

양평동에서 가장 가까운 역은 영등포. 영등포에서 11시 열차로 사랑하는 서울을 떠남. 내 사랑은 두고 서울만 떠남. 좌석이 없어 입석권을 구입, 맥주를 마시는 핑계로 식당차에 편히 앉음. 떠나며 돌아보니 속옷 바짓가랑이가 다 나온 영등포가 떠나는 나를 보더니 한번 픽 웃고 돌아섬. 떠남. 역사의 서울, 꿈의 서울, 여자의 서울.

13시 대전 도착. 문화인의 긍지를 살려 즉시 커피부터 한잔 들이켬. 대전──감홍 없이 올라타지는 여자, 그저 그렇게 대전의 몸을 한두 시간 올라타 흔들거림. 대뇌의 전두엽 어느 부위에선가 나사가 하나 빠져 굴러다니는 소리가 들렸음.

발부리를 잡아 공주산성에 오름. 동물이라고는 나 한 마리. 나머지는 모두 공주산성임.
당갑사 중치마 붉어서 좋고
백화나 단속곳 넓어서 좋아
이 풍요를 부르던 금강의 백성은 지금 어디에 있는지 알 수 없음. 나 혼자 그 풍요의 단속곳에 일박함.

밤이 되니 내 사랑 서울 떠오름.
　속옷이 다 나와서 오히려 그녀다운 그녀. 속옷이 저
희들끼리 축복하느라고 펄럭임. 내 사랑 서울에 대한 나
의 밤인사는 다음과 같음. 오늘밤도 어제와 같이 속옷을
벗겨주는 사내를 꼭 구하소서.

*

　나에게는 어머니가 셋. 아버지는 여자는 가르쳐주었
어도 사랑은 가르쳐주지 않았다.
　사랑이란 말을 모르고 자란 아버지와
　사랑이란 말을 모르고 죽은 아버지의 아버지의 나라.

　그 나라에 적당하게 자리잡은 여자가 셋. 둘은 무덤
속에. 그리고 사라져버린 한 여자.

　무덤을 딛고 내가 올라서니
　두 개의 길이 보이는구나
　사랑을 알기에는 너무 단순한
　한 나라의 길과
　사라져버린 한 여자가 혼자 걸어간 길.

나에게는 어머니가 셋. 어머니가 많아 행복하다.

어머니, 내 어릴 때부터의 모순의 나무. 그 나무들의 그늘 밑에서 나는 동화책을 읽었다. 왕자는 왕이 죽을 때까지 어릴 필요가 있는 왕의 나라 이야기, 아버지보다 먼저 아버지가 되기 위해서는 술이 담배가 여자가 필요하다는 왕의 나라 이야기.

모순——나에게는 그러나 물이 흐르고 바람이 부는 나라. 시장이 큰 중동의 무더운 흙냄새가 바람을 일으키는 나라. 발레리의 안경을 수리해준 나라.

이 나라에서 지금도 나는 동화책을 읽는다. 군신유의, 장유유서, 부자유친, 부부유별, 붕우유신의 동화. 떼를 지어 숲속에 노니는 義·序·親·別·信. 숲의 나무들이 부르는데, 아 어디로 갔나 여기 있어야 할 사랑 愛. 忠·孝는 지금도 있는데, 아 어디로 갔나. 사랑 愛, 미운 오리 새끼.

*

주막. 작부 웃지 않음. 옛 瀆盧國, 유민과 유배인의

고독한 땀냄새가 나는 바닷가, 거제의 葛鳥酒幕에 앉아
나는 무슨 노래를 들었던가.

    장가라고 가노라니 첫날밤에 해산했네
    오늘왔던 새신랑아 술이나빠 가실라요
    안주나빠 가실라요
    술도 싫고 안주도 내사싫소
    오늘왔던 새매부야 술이나빠 가실라요
    안주나빠 가실라요
    술도 내사싫고 안주도 내사싫소
    병풍뒤에 우는애기 젖달라고 깽깽우네
    냇물같이 흐르는젖 조랑말고 젖주어라
    아이구답답 서방님아 기어코 갈랴거든
    아이이름 지어주소
    애기애비 어디가고 내가이름 지어줄고

베개를 고쳐 누워도, 고쳐 누워도 허리가 아픈 바다.
아, 어디로 갔나. 사랑 愛, 미운 오리 새끼.

환상 또는 비전
——楊平洞 4

　　상상, 힘의 탄소 동화 작용. 늘 신생의 사물 속에서
청색의 물을 퍼올린다. 사방향의 길, 넓은 들판. 어디로
갈까?

　　그러나 잿더미, 無化시킨 대지 위에서만 타오르는 불
빛——적색의 환상. 잿더미 위라서 잘 보이는구나 무너
지지 않은 벽과 무너지지 않는 길. 그곳에 자리한 외로
운 투명과 可視의 나라.

　　행복한 시대, 행복한 자의 땅, 몽상. 저주 있기를. 황
색, 그 권태의 산기슭에 아물아물 자라는 노란 풀잎들.

빗방울 또는 우리들의 언어
──楊平洞 5

비가 온다. 빗방울이 유산지처럼 땅을 덮고 있는 대기에 구멍을 뚫는다. 숨구멍이 여기저기 생긴다. 하나 둘, 스물, 쉰……

하나 더하기 둘은 셋, 둘 더하기 셋은 다섯, 이 사랑스럽도록 확실한 수치들. 이 의심할 수 없는 명확함을 웃어버리는 빗방울들. 빗방울들이 주저 없이 몸의 수치를 무화시킨다. 부서지는 아픔, 무화되는 아픔, 그러나 사랑의 다른 이름인 빗방울.

빗방울이 쉴새없이 시멘트 바닥에 머리를 들이박는다. 그때마다 내 전신이 따끔따끔한 게 유쾌하다. 엊저녁엔 우리집 개새끼들도 우국적으로 짖었는데 비가 오니 조용하다. 흥분하지 말자 입구만 더럽히는 밤이 온다. 빗물이 스크럼을 짜고 대지의 껍질을 뜯어내고 있다. 불그스레한 살이 드러나고 핏줄이 얼굴을 내민다. 시인? 시인의 얼굴? 동화 작가. 빗방울 왕자.

朝刊이 온몸이 젖은 채 배를 깔고 누워 차례를 기다리고 있다. 비가 온다, 천사의 소변. 이 시대의 영웅 스타 플레이어들의 사진이 패잔병마냥 후줄근하다. 시인?
오늘날의 시인? 후줄근하게 젖은 옷을 입을 수밖에 없는
문명. 매독을 앓는 牧神.

*

꿈을 꾸지 못하는 밤이 있다
내가 편안하기 때문이다

꿈을 꾸지 못하는 밤이 있다
내 몸이 편안하기 때문이다

꿈을 꾸지 못하는 밤이 있다
싸움을 망각하고 싶은 밤이 아니라
싸움을 포기한 밤이기 때문이다

아직도 포기할 수 있는 밤이 있기 때문이다
매독에 걸리지 않았기 때문이다

*

꿈? 우리의 꿈은 우리들 아픈 사고의 연대, 너와 나의

꿈은 너와 나의 아픈 사고의 연대. 담배를 피워문다.

비가 오고 있다. 엊저녁 악몽에서처럼. 우산을 들고 뜰을 거닐고 있는 아버지. 비가 와도 비에 젖지 않는 우산 속의 세계, 우산 속의 세계 속의 아버지는 우산 속의 세계 속의 백의 민족.
언제 선거가 있었는지 수국, 개나리, 산난초, 무화가, 봉숭아, 목부용 사이를 비집고 어느새 장미가 중앙청에 자리잡고 있다. 지금은 황당무계한 친구가 위대해 보일 때. 황당무계하지도 못한 이 시대의 아침은 늘 내 등줄기의 식은땀의 감각만큼 체온이 빠져 있다.

……도로 위에 녹슨 수술대가 하나 놓여 있었어요. 비가 왔어요.
녹슨 수술대가 신음처럼 가끔 녹물을 꾸역 토한다. 불길한 구도! 수술대 가까이 가보니 누군가 허리에 낡은 양피를 걸치고 사지를 펴뜨리고 있다. 牧神! 자세히 보니 사지가 수술대에 묶여 있다. 수술대 밑에는 자포자기한 몸을 녹물에 맡긴 채 角笛이 나를 빤히 쳐다본다.
왜 묶여 있지요?

　　──왜?

　왜 묶여, 하다가 나는 어리석은 질문에게 병신! 하고 욕을 해 던지고 角笛을 들고 불어본다. 소리 대신 녹물이 뚝 떨어진다.

　도로 옆 목장에는 12횡대로 집합한 양떼가 분열식 연습이 한창이다. 지휘관의 말 한마디에 의해 이루어지는 절대적 질서──절대 질서의 아름다운 풍경. 양떼들은 풍경 속의 한 그루 나무, 한 마리의 새, 한 점의 구름, 한 조각의 쇠붙이, 한 토막의 꿈 등등 시시각각 다른 존재가 된다. 하낫둘 하낫둘 다른 존재, 다른 목숨 되기 하낫둘──사열대 위에는 제우스가 서 있다. 내가 아는 사람과 많이 닮은 얼굴이다.

　어떻게 왔을까, 수술대를 짊어진 채 牧神이 내 옆에 우뚝 서서 분열식을 보고 있다. 수술대와 그를 버티고 서 있는 다리가 나무 뿌리처럼 땅속에 박힌다. 제우스가 그 모양을 보고 빙긋 웃으며 어깨를 한 번 추슬린다.
　하낫둘 하낫둘──점점 굵어지는 牧神 이마의 땀방울. 하낫둘 하낫둘, 점점 굵어지는 빗방울. 어디선가 여우가 문화적으로 운다. 시간이 갈수록 주먹만해진 빗방울이 牧神의 머리며 어깨, 팔다리를 사정없이 후려갈긴다. 아—— 아—— 아—— 고통스런 쾌감에 전신을 부르르 떠는 牧神.

무슨 망령에 홀린 것일까? 갑자기 분열식을 멈춘 12횡대의 양떼들이 牧神 쪽으로 달려오기 시작한다. 바람이 羊떼에 몰려 먼저 울타리를 넘는다.

——정지! 목장의 울타리에는 전기가 흐르고 있음!

정지!

정지!

정지!

정지!

정지!

왜 무슨 소리야?

우산 속의 백의 민족, 우산 속의 아버지가 나를 돌아본다. 아버지를 따라 적산 가옥의 뜰도 돌아본다.

아직도 비가 온다. 악몽에서처럼. 빗방울이 유산지처럼 우리집을 덮고 있는 대기에 구멍을 뚫고 있다. 숨구

멍이 여기저기 생긴다. 하나, 둘, 스물, 쉰…… 나는 담
배를 피워 물고 그 구멍으로 연기를 내보낸다.

　빗방울이 뚫어놓은 구멍을 통해 보이지 않던 그 존재
를 간접적으로 드러내는 투명한 벽. 그렇다면 빗방울의
존재를 나는 다 이야기한 것일까. 시와 시인을 다 이야
기한 것일까. 나의 담뱃불이 교전이 멎은 전선의 외로운
불빛마냥 잠깐 밝았다 사그라진다.

불균형, 그 엉뚱한 아름다움
──楊平洞 6

무슨 망령이 든 것일까? 내가 무슨 말을, 나는 행복하려고 태어났다. 코스모스, 참새, 돌멩이, 말똥, 壁아. 이리 와 고통, 꿈, 피조리, 옴종, 시간 등등과 함께 이야기를 하자. 나에게도 너에게도 대화를 한다는 건 중요하다. 어떤 내용인들 상관 있으랴.

양평에는 태평루와 남산옥, 내가 사는 不二아파트(不二 좋아한다). 아파트를 나와 고무신을 끌고 거리를 어정거린다. 매일 보는 거리인데 매일 보아도 이방의 거리인 양 건물은 건물대로 길은 길대로 나를 거부하고 또 나를 유혹한다. 거부의 탄력과 유혹의 흡인력, 나는 즐긴다 그것들의 달콤함을.

태평루의 유리문이 양평을 보인다. 투명한, 그러나 투명한 만큼 아무 비밀도 없는 유리의 세계를 묵묵히 그리고 거침없이 차단해버린 커튼의 의지가 햇빛에 반짝반짝 빛난다. 내가 신은 내 고무신의 비현실성처럼.

남산옥에서 제일 얌전한 화자, 화자의 애인은 청바지 청년. 대낮부터 청마루에 앉아 애인의 손금을 보고 있는 청바지. 무슨 상관이랴 그들에게 청바지를 입을 수 있는 자유와 벗을 수 있는 자유가 있는 한. 어제는 무협지 대본집에 갔다, 그제는 시장. 死語 더미, 死語의 책을 내 코앞에 갖다 대며 대본집 아저씨는 웃었다. 남산옥 화자가 청바지 코앞에 코 갖다 대듯 그렇게. 행복하게 그렇게, 허무하게 그렇게.

바람도 없는데 어디서부터인지 구겨지는 양평. 구겨지면서 아니 구겨지는 듯 입 씻고 앉은 양평 로터리를 고무신을 끌고 바지 주머니에 두 손을 찔러놓고 어정거린다, 나는. 거부를 보면서 또 나에게 구겨지라고 유혹하는 길의 꿈틀거리는 허리와 엉덩이를 보면서.

담장에서 새 한 마리가 울고 있다. 영혼은 울지 않는다. 입이 없기 때문이다. 울 수 있는 것은 살아 있는 육체뿐, 기뻐하라 살아 있는 육체여 새여, 울 수 있는 권리와 의무 그리고 약간의 방종까지.
질서? 나는 한때 정확한 논리 명쾌한 질서를 원했다. 논리와 질서란 자본 또는 상품, 자본화된 또는 상품화된 나와 너의 유통 경로인 것을, 편한 만남인 것을. 그러나

나를 도로 통행세로 다 지불하는 것임을 알고 있는 지금
은?

　가을. 나는 행복하고 싶다. 들에는 콩잎이 마르고 무
리를 자랑하는 코스모스. 주식회사 '自然'을 쌓아올리는
저 무수한 환희와 고통과 비애의 표정——꽃잎들. 나는
잠깐 감동을 즐긴다. 이 골목 저 들판, 이 길과 저 언덕
에서 가분수 코스모스가 가분수답게 머리만 덩그렇게 색
색을 이루어놓는 저 불균형의 엉뚱한 아름다움 앞에서.

　＊ 본고 중 일부분은 「楊平別章」(『문학과지성』, 1976년 발표) 개
　　작임.

네 개의 편지
—— 楊平洞 7

베드로에게

　밤이다. 나의 아버지가 밤이 무섭다고 내 무릎에 와 안긴다. 밤이 무섭다니! 나는 나의 아버지를 품에 안고 어리둥절하다. 어느 나라에 가도 아이들을 어른으로 키우는 밤은 어디에 가도 왕궁처럼 방이 많고 침대가 부드러운데——아, 나의 아버지는 시인이로구나, 부드러운 게 무섭다니!

　나의 아버지가 시인, 백의 민족의 선비 나라의 시인이라니. 그렇다면 나의 아버지도 대학 선생이 되려고 할 테지. 나는 새삼스럽게 나의 아버지를 쳐다본다. 나와 눈이 마주치자 아버지는 여자처럼 곱게 웃는다. 빌어먹을, 지옥에나 가버려라!

　갑자기, 내가 밤이 무서워진다. 사방을 둘러본다. 책상과 걸상이 점잖게 앉아서 나를 본다. 책상 위에서 내 또래 아이들이 보는 소설책이, 한산도가, 돈표 성냥과 재떨이로 쓰는 접시가 오히려 나를 의아한 눈빛으로 본다. 벽에 걸린 달력이, 가리개가, 커튼이 웬일이냐고 한다. 아직 밤 10시도 되지 않았는데 사물들은 놓인 그 자리에서 완벽하게 보인다. 사물들이 완벽하게 보이다니!
이러다간 내가 나의 아버지를 팔겠구나.

유리창과 안개에게

먼 곳을 멀게 가까운 곳을 가깝게, 낡은 것을 낡은 것
으로 보여주는 유리창아, 아침이다 인사를 하자. 그러나
보이는 것만 보여주고 보이지 않는 저쪽, 보이지 않으므
로 더욱 보고 싶은 것은 하나도 보여주지 않는 그대, 그
리하여 유리창도 결국 유리로 된 벽이다라는 사실을 볼
때마다 다시 깨닫게 해주는 순진한 유리창아. 밤새 안
녕!

머리맡에 놓여 있는 조간도
근엄한 얼굴로 조간을 넘보는 벽도
담배도 성냥도 인사를 하자.
밤새 안녕.

오늘도 나는 너희들 앞에 정정당당하기를 나에게 빈
다. 창밖에서 사물과 현장 앞에 커튼을 치고 내가 불투
명하고 콤플렉스를 가지기를 바라는 안개, 그대도 이리

와 인사를 하자.

한국에게

겨울을, 처음에 나는 잔인하다고 생각했다.
겨울을, 그 다음 나는 잔인해야 한다고 믿었다.
겨울을, 잔인하지 않은 겨울을 나는 그래서 저주했다.
잔인한 것은 겨울이 아니라 겨울의 비전이고
잔인할 수밖에 없는 것은 겨울이 아니라 겨울의 길
이고
눈이 오다가 바람이 불고 바람이 불다가 비가 오고
비가 오다가 눈이 오는 것은 겨울이 아니라 겨울의
하늘인 것을.

겨울의 절망은 입춘이 죽이고
겨울의 노래는 여자가 죽이고
그래도, 눈 위에 눈 내리고 눈 내린 위에 눈 내리는
것은
겨울이 아니라 얼수록 투명해지는 겨울의 환상인 것을,
미국도 영국도 스페인도 인도도 아닌 한국이라는 한
조그마한 나라의

한 조그마한 거리, 양평에서
내가 보고 있다.

왕자가 아닌 한 아이에게

볼펜을 발꾸락에 끼워놓고 세상을 본다.
이 엄숙할 수 없는 나의 문화 앞에서
볼펜을 낀 나의 발꾸락은 아프고
볼펜을 낀 나의 발꾸락은 외롭고
그 볼펜을 낀 나의 발꾸락 앞에서
나는 구속되나니
세상은 공평하여라.

볼펜을 발꾸락에 끼워놓고 나를 본다.
이 우스꽝스러운 나의 방법 앞에서
볼펜을 모르는 발꾸락의 우둔함을 위하여
볼펜을 모르는 발꾸락의 황당무계함을 위하여
그 볼펜을 낀 나의 발꾸락의 아픔을
내가 노래하나니
세상은 無事無事하여라.

* ‘楊平洞’의 바른 지명은 ‘楊坪洞’이다. 필자가 고의로 고쳐
  쓴 것이다.

Ⅲ

개봉동과 장미

개봉동 입구의 길은
한 송이 장미 때문에 왼쪽으로 굽고,
굽은 길 어디에선가 빠져나와
장미는
길을 제 혼자 가게 하고
아직 흔들리는 가지 그대로 길 밖에 선다.

보라 가끔 몸을 흔들며
잎들이 제 마음대로 시간의 바람을 일으키는 것을
장미는 이곳 주민이 아니어서
시간 밖의 서울의 일부이고,
그대와 나는
사촌들 얘기 속의 한 토막으로
비 오는 지상의 어느 발자국에나 고인다.

말해보라
무엇으로 장미와 닿을 수 있는가를.
저 불편한 의문, 저 불편한 비밀의 꽃
장미와 닿을 수 없을 때,
두드려보라 개봉동 집들의 문은
어느 곳이나 열리지 않는다.

남들이 시를 쓸 때

잠이 오지 않는 밤이 잦다.
오늘도 감기지 않는 내 눈을 기다리다
잠이 혼자 먼저 잠들고, 잠의 옷도, 잠의 신발도
잠의 문패도 잠들고
나는 남아서 혼자 먼저 잠든 잠을
내려다본다.

지친 잠은 내 옆에 쓰러지자마자 몸을 웅크리고
가느다랗게 코를 곤다.
나의 잠은 어디 있는가.
나의 잠은 방문까지는 왔다가 되돌아가는지
방 밖에서는 가끔
모래알 허물어지는 소리만 보내온다.
남들이 시를 쓸 때 나도 시를 쓴다는 일은
아무래도 민망한 일이라고
나의 시는 조그만 충격에도 다른 소리를 내고

잠이 오지 않는다. 오지 않는 나의 잠을
·누가 대신 자는가.
남의 잠은 잠의 평화이고

나의 잠은 잠의 죽음이라고
남의 잠은 잠의 꿈이고
나의 잠은 잠의 현실이라고
나의 잠은 나를 위해
꺼이꺼이 울면서 어디로 갔는가.

콩밭에 콩심기

콩밭에 콩심기 언어밭에 언어심기,
그와 같은 방법으로 아픔밭에 아픔심기
감자밭에 감자심기.
태양이 뿌리를 내린다
하얀 뿌리를 내린다
物物은 하얀 뿌리에 매달려
뿌리에 뿌리밭 가꾸기

바보가 되기는 늦었다.
(제기랄 늦은 것은 늦은 것이다)
늦은 것은 늦은 것이지만, 늦지 않은
나머지가
이 들의 잎사귀를 흔든다
이 들의 귀를 흔든다.
들은 음험해서 말하지 않고
말하지 않는 것이 미덕인 시대를
증언한다.

바람이 분다, 바람이 生의 羊毛를
벗겨간다.

알몸을 드러내는 들
태양은 일찍 자리에 눕고 너는
이른 밤부터 밤밭에 밤심기,
되풀이해서 너는 너의 터밭에 터심기
나는 나의 터밭에 터심기.
떠들지 마라, 지금은 사랑의 밤이다.

우리의 사랑은 언제나 되풀이된다.
되풀이가 기교임을 안다고 해서
우리의 사랑이 진화하지 않는다고 해서
너나 나나 일이 끝난 건 아니다.
일이 끝난 것은 너와 내가 아닌
다른 사람인, 이것이 나의 밤이다 나의 기교이다.

슬픈 것은 이 기교 때문이다.
아니다
개봉동의 밤 기교 때문이다.
이 슬픔밭에 슬픔심기, 이 슬픔밭에
슬픔씨는 잘 자라서
나는 슬픔의 기교가 되지만

떠들지 마라, 이것이 나의 패배임을
너의 패배가 아닌 나의 패배임을
내가 왜 모르랴.

시인들
──金宗三에게

　자원 전쟁 시대 유류 전쟁 시대 그러나 걱정 마라, 우회 전쟁 시대, 이 글은 패배 전쟁 시대의 시 얘기가 아니니 오해 마라. 시는 언제나 패배이니 승리는 오해 마라.
　시인의 나라는 높은 산 골짜기에 있다.
　시인의 나라는 잎이 바싹거려도 살이 바싹바싹 부서지는 골짜기에 있다. 골짜기에는
　실속 없는 장난
　애매모호한 대화
　무능한 노랫소리가 구름이 되어 산허리를 졸라맨다. 그때마다 산의 키가 항상 구체적으로 자란다.

　산속 골짜기에는 李箱이 병신들과 함께 누워 히히닥거린다. 늙은 여자 사이에서 릴케가, 동성 연애가 랭보가 낄낄낄 웃으며 보고 있다. 도망가는 여자 앞에 꽃을 뿌리는 병신 素月을 보며 萬海가 이별을 찬미하는(이별이 아름답다는 것은 흉한 거짓말이다!) 염불을 외운다.

　시는 추상的이니 구상的은 오해 마라. 시인은 병신이니 안 병신은 오해 마라. 지금 한국은 산문이다. 정치도 산문 사회도 산문 시인도 산문이다. 산문적이기 위한 전

쟁 시대, 시인들이 전쟁터로 끌려가는 모습이 보인다. 끌려가는 시인의 빛나는 제복, 끌려가지 못하는 병신들만 남아 제복도 없이 아, 시를 쓴다.

겨울숲을 바라보며

겨울숲을 바라보며
완전히 벗어버린
이 스산한 그러나 느닷없이 죄를 얻어
우리를 아름답게 하는 겨울의
한 순간을 들판에서 만난다.

누구나 함부로 벗어버릴 수 있는 것은 아니다.
더욱 누구나 함부로 완전히
벗어버릴 수 없는
이 처참한 선택을

겨울숲을 바라보며, 벗어버린 나무들을 보며, 나는
이곳에서 인간이기 때문에
한 벌의 죄를 더 얻는다.

한 벌의 죄를 더 겹쳐 입고
겨울의 들판에 선 나는
종일 죄, 죄, 죄 하며 내리는
눈보라 속에 놓인다.

冬 夜

용서하라, 아직 덜 얼은 저 뜰의
허리와 저 뜰의 입술.
용서하라, 담 너머로
다리를 내밀다가 동사한 가을의 잔해.
그리고 다시 용서하라
덜 얼은 내 입이 얼 때까지
가지 않고 머무는 겨울을.

얼지 않은 겨울은 비참하다. 이 비참하고
긴 겨울의 삼강오륜과
冬夜를 사랑하는 밤 불빛과
불빛을 따라가서 자주 외박하고 오는
나와
빌어먹을 시를 쓰는 나를

너는 용서하라
너는 패배하라
나에게 패배하라.

頌　歌

새해에는 현실 도피하게 하소서.
현실을 도피하여
현실 도피의 오묘함과 오묘함의 삶을
내가 만나게 하소서.

　사전을 찾아보니 협상은 협의를 보라고 하고, 협의를
보니 '화의로 의논함'이라고 한다만, 그렇다면 화의와
의논과의 그 먼 의미의 친족 관계는 어디에서 찾아보나.
협상에서 협의로, 그리고 화의와 의논으로 드디어 그 촌
수를 드러내는 이 모호하지만 끈끈한 목적 상관의 족보
를 아직도 우리는 믿고 있지만, 사촌이 논을 사도 배가
아픈데 그래 믿으라, 그 속담의 재미로 웃고 나머지는
속담이라는 명사로만 믿으라.

　이상하게도 요즘은 재미를
믿지 않는다.
남이 오입한 재미도 믿지 않고
남이 돈을 번 재미도 믿지 않고
남이 쓴 소설의 재미도 믿지 않고
재미는 이야기가 아니라

진실이라고 해도
재미가 혼자 장구 치고 북 치고 다닌다.
(이것이 요즘의 통설이다)

한 구도주의자의 고백

내 사랑하는 여자도 세상의
다른 여자처럼 두 개의 탐스러운 유방과
때가 잘 끼는
한 개의 배꼽을 가졌지요.

내 사랑이 때가 잘 끼는 배꼽임을
시인하듯
나도 당신의 자유, 당신의 평등, 당신의 꿈, 당신의
主義의 그 때가 잘 끼는 배꼽임을 시인하마.

늘 시인하기만 하고
늘 패배하기만 하고
그리고 사랑밖에 모르는
그래서 사랑의 방법만 생각하는

내 사랑이 가엾거든 신이여
손톱 밑의 때라도 씻으며
이 세상을 잊으십쇼.

사랑의 기교 1
——K에게

너를 사랑하기 위하여 나는 너의
집으로 가는 버스에게 당신을 사랑해하며
아양을 떨고, 너를 사랑하기 위하여
그 버스가 다니는 길과 버스 속의 구린내와
길이 오른쪽으로 굽을 때 너의 허리춤에서
무엇인가를 훔치는 한 사내의 부도덕에게
사랑의 법을 묻는다.

너를 사랑하기 위하여 오늘은 소주를
마시고
취하는 법을 소주에게 묻는다.
어리석은 방법이지만 그러나
취해야만 법에 통한다는 사실과
취하는 법이 기교라는 사실과
기교가 법이라는 사실을 나는
미안하게도 술집 여자의 무릎을 베고 누워
취해서 깨닫는다.

내가 사는 법과 내가 사랑하는 법을
낡아빠진 술상에 젓가락으로 두드리며

깨닫는다.
젓가락은 둘이라서
장단이 맞지만, 그렇지만
너를 사랑하는 법은 하나뿐이라 두드려도,
두드려도 장단은 엉망이다.

강 건너 마을에는 後庭花 노랫가락이
높고
밤에도 너의 집으로 가는 버스는
좌석 밑의 구린내와 지린내를 사랑하고
商女는 망국한을 몰라
노랫소리가 갈수록 유창해진다. *

나는 이곳의 기교파로 울면서, 이 울음으로
몇푼의 동냥이라도 얻어
너의 집으로 가는 버스를 타기 위하여
여기 이렇게 울면서 젓가락을 두드리며.

   * 商女不知亡國限 隔江猶唱後庭花 ──杜牧.

사랑의 기교 2
—— 라포르그에게

사랑이 기교라는 사실을 깨닫기까지 나는
사랑이란 이 멍청한 명사에
기를 썼다. 그리고
이 동어 반복이 이 시대의 후렴이라는 사실을
알았을 때까지도 나는
이 멍청한 후렴에 매달렸다.

나뭇잎 나무에 매달리듯 당나귀
고삐에 매달리듯
매달린 건 나지만, 결과는
비참했다 사랑도 꿈도.

그러나 즐거워하라.
이 동어 반복이 이 시대의 유행가라는
사실은 이 시대의
기교가 하나님임을 말하고, 이 시대의
아들딸이 아직도 인간임을 말한다.
이 시대에 가장 아름다운 기교, 나의 하나님인 기교여.

사랑의 기교 3
——原民에게

미꾸라지, 쇠똥, 풀, 개, 돼지 새끼, 이런 이름과
플레이보이, 여자, 사랑, 자유, 미친놈, 이런 이름과
이름과 이름 사이로 내리는 장마철의
그 구질구질한 비의 끈기 밑에서 나는
잡놈의 시리즈를 완성하기 위하여
이름과 이름 사이의 차고 슬픈 밤비의 이불 밑에서
사랑과 만난다, 반복해서.
방에서, 중섭의 황소, 그 황소의 울음 소리가
의자와 밥그릇과 나의 싸구려 스탠드의
불빛까지 깨우는 밤과 만나, 그 밤과 만나
나는
잡놈의 웃음을 완성하기 위하여
플레이보이를 읽는다, 소리내어.

말하지 않는 게 무슨 자랑인 양 쇠똥도 바람도 미꾸
라지도
냄비도 냄비의 뚜껑도 말하지 않고
말하지 않고 돼지 새끼도 말을 씹고
말하지 않고 바람과 풀은 말을 흔들고
말하지 않고 냄비는 냄비 속에 눕히고,

시의 비폭력주의와 기교주의의 사랑이
이 집 대문을 두드리다 대문만 구경하고 다른 집으로
가야 하는
월부 책장수의 얼굴을 한
아프지 않게 기술적으로 포기하는 법을 익히고 마는
것들의
이름과 이름 사이로 쓸쓸히 걸어가는, 그 사랑의
처마 밑에서 '사랑해요, 당신만을 사랑해요'라고 사
랑을 나는 고백한다, 계속해서.

꿈에 물먹이기

꿈에 물먹이기 언어에 물먹이기
풀이 풀의 몸에게 저주받듯
시인이 시에게 저주받듯
저주 주고받기 열심히
인간에 물먹이기

생각건대 외디푸스王은
눈이 하나 더 많았다.
이건 신화가 아니므로
풀은 귀가 하나 더 많고
저주는 꿈이 하나 더 빛나지요.

말씀하세요, 커피를 드릴까요 나를 드릴까요? 그것도
싫으면 왕을 드릴까요? 이 침묵의 시대, 이 침묵의 말
시대, 이 침묵의 상징 시대, 동사가 없는 시대, 말씀을
하세요 물먹이기 시대.

오, 그런데 선생, 아이들은 길을 웃으며 가고
시간이 재각재각 건널목을 건너가네요.

　* 생각건대 외디푸스왕은 눈이 하나 더 많았다——횔덜린.

눈물나는 잠꼬대 1

잎 보면 잎 생각
코 보면 코 생각
님 보면 님 생각
잎은 무슨 생각을 하나요
코는 무슨 생각을 하나요
콧구멍은 또 무슨 생각을 하나요

(풀잎은 하루종일 바람에
귀를 갈고
이제 이곳에 머물며 나는
내 사랑하는 못난 한 여자가
콧구멍이나 후비며 사는 것을 사랑하기 위하여
사랑법에 늘 귀를 씻고)

살기 편한 세상, 태양 하나 눈부신
세상, 심심한 사람은
자 생각이나 따라가볼까요.

창, 창밖에 늘 떠 있는 세상(바람이 불면 기우뚱거리
는 거리), 기우뚱거려도 넘어지지 않고 줄기차게 다니는 사람들, 그 사람들이 잘 보이지 않는 곳의 쓰레기통(쓰레기통의 가정은 안녕한지 잠시 들러 기도하고), 쓰레기통 옆의 키만 큰 가로수, 가로수를 붙들고 서서 하늘의 구름을 따라다니는 아저씨, 아저씨는 약속이 없으시군요, 약속이 없으면 몸으로 만나세요, 몸으로 안 되면 몸으로 죽이세요, 그렇지요.

심심한 이 세상에도 햇빛은 떨어지고
생각해보면 꿈도
많이 날씬해졌지요.

눈물나는 잠꼬대 2

강물이 발자국 소리를 죽이면
(발자국 소리를 죽이고 접근한 죄로
접근죄를 짓게 된다 하더라도
소리를 죽이면)
강은 가만히 말을 할까요.

강물이 흐르다 멈추면
(멈춘 죄로
정지죄를 짓게 된다 하더라도
멈추면)
멈춘 자리가 남아
강의 말씀이 함께 남을까요.

(시가에는 햇빛이, 햇빛의 군화 소리가
홀수 영혼의 침대 위로 저벅저벅 행진해간다 하더라도
하늘에는 구름이〔당연한 애기지만〕, 구름의 백가면
속의 눈이
한 마리의 종달새를 날린다고 해도
하늘에는 구름이〔당연한 애기지만〕, 하늘의 뜰 속으로
마지막엔 수직으로 들어가는 모습을

누가 훔쳐본다 하더라도 하늘에는 구름이 ——)
강물이 옷을 벗고
강에서 나온다면, 가령
미친 척하고 강물이
강에서 나온다면
강물의 말씀은 모래알 속에 집을 짓고
그곳에 영원히 살까요.

개봉동의 비

천우사 약방 앞길
여자 배추장수 돈주머니로 찾아드는 비
땅콩장수 여자 젖가슴으로 찾아드는 비
사과장수 남자 가랑이로 찾아드는 비
그러나 슬라브 지붕 밑의 시간은 못 적시고
슬라브 지붕 페인트만 적시는 비
서울특별시 開峰洞으로 편입되지 못한
경기도 시흥군 서면 光明里의 실룩거리는 입술 언저
리에 붙어 있는
잡풀의 몸 몇 개만 버려놓는 비

한 잎의 女子

　나는 한 女子를 사랑했네. 물푸레나무 한 잎같이 쬐
그만 女子, 그 한 잎의 女子를 사랑했네. 물푸레나무 그
한 잎의 솜털, 그 한 잎의 맑음, 그 한 잎의 영혼, 그
한 잎의 눈, 그리고 바람이 불면 보일 듯 보일 듯한 그
한 잎의 순결과 자유를 사랑했네.

　정말로 나는 한 女子를 사랑했네. 女子만을 가진 女
子, 女子 아닌 것은 아무것도 안 가진 女子, 女子 아니
면 아무것도 아닌 여자, 눈물 같은 女子, 슬픔 같은 女
子, 病身 같은 女子, 詩集 같은 女子, 그러나 누구나 영
원히 가질 수 없는 女子, 그래서 불행한 女子.

　그러나 영원히 나 혼자 가지는 女子, 물푸레나무 그
림자 같은 슬픈 女子.

不在를 사랑하는 우리집
아저씨의 이야기

빨래가 빨랫줄에서 마를 동안 빨래가 이름을
비워둔 사실을 아시나요?
코스모스가 언덕에서 필 동안 코스모스의 육신이 서
있는
위치를 혹시 아시나요?
우리의 확신이 거울 앞에서 빠져나간 뒤 어디에서
옷을 벗고 누웠는지 아시나요?
그리고
不在를 사랑하는 우리집 아저씨의 현실이
어디에 있는지 모르시나요?

앞집 아저씨의 말은 언제나 분명하고
너무 분명하기 때문에
너무 분명한 것의 두려운 오류 때문에
나는 믿지를 못하고 우리집 사람들도
모두 믿지를 못하고
저 많은 나라의 외투를 벗기려 펄럭이는 한 자락 바
람을
차라리 아끼는 우리집
뜰의 풀잎들은 제각기 흩어져

(풀잎 위의 이슬도 제각기 흩어져 흔들리며)
고독하게 귀가 마릅니다.
은하수를 아시나요?
빨래가 이름을 비워둔 그 不在는 방법입니다.
코스모스가 서 있는 그 위치는 이상입니다.
옷 벗은 확신은 참회입니다.
그리고
不在를 사랑하는 우리집 아저씨의 현실은 꿈의 대문
안쪽입니다.

물신 시대의 시와 현실

김　병　익

> 詩에는 아무것도 없다. 詩에는
> 남아 있는 우리의 生밖에.
> 남아 있는 우리의 生은 우리와 늘 만난다
> 조금도 근사하지 않게.
> 믿고 싶지 않겠지만
> 조금도 근사하지 않게.　　　　　　　——「용산에서」

　　오규원은 시와 시를 쓰는 자신의 내면에 대해 자주 고해(告解)한다. 시인이 자신의 작업 혹은 창조 행위에 대해 고백하는 것은 드문 일이 아니다. 그 고백은 현실을 초월하는 상상력에의 기쁨일 수도 있고 그 상상력을 부풀어올리려고 안간힘 쓰는 고통일 수도 있으며 '저주받은 시인'으로서 이 추악한 세계에 발묶여야 하는 난감한 처지에서 빚어진 환멸일 수도 있다. 그러나 오규원에게 있어, 시를 쓰는 일에 대한 고백은 고해라고 해야 좋을 것이다. 왜냐하면 그는 시를 쓰는 작업에서 기쁨이나 고통 혹은 환멸과 같은 정서적 질감을 얻는 것이 아니라 "조금도 근사하지 않"은 우리의 삶의 패배를 발견하기 때문이다. 그는 여느 시인들과는 달리 삶의 패배를 시로써 보상받으려는 것이 아니라 시를 쓰는 작업을 통해 오히려 자신의 삶의 패배를 확인한다. "그대의 사랑도 믿음도 나의 사기도/사기의 확실함도/확실한 그만큼 확실하지 않"(「용산에서」)음을 그는 알게 되고 뿐더러 그가 "근사한 풀밭"이라고 보고 있는 곳에서도 "잡초가 자"랄 뿐인 것이다. 그래서 그는 "빌어먹을 시를 쓰는 나를// 너는 용서하라/너는 패배하라/나에게 패배하라"(「冬夜」) 라고 사정하지만 그러나 삶은 그것을 허락하지 않고 시인의 패배를 더욱더 강조하여 시인 스스로 그 패배를 인정하기를 요구한다. "나는 슬픔의 기교가 되지만/떠들지 마라, 이것이 나의 패배임을/너의 패배가 아닌 나의 패배임을/내가 왜 모르랴"(「콩밭에 콩심기」).

오규원의 시를 이해하는 단초로서 시를 통한 패배의 확인은 매우 중요한 몫을 차지할 것이다. 삶은 보들레르가 한탄한 것처럼 시인에게 있어 더럽고 지겨운 것이었으며 그래서 그들은 시를 통해 이 세상에서 자신들이 '선택' 받았음을 확인하고 그를 통해 구원을 얻는 것으로 생각되어왔다. 세계가 메마르고 곤혹스러운 것일수록 시인은 시와 그 시를 가능케 하는 상상력의 세계가 풍요롭고 아름다운 것으로 바라보았으며 이러한 시세계의 참여를 통해 삶의 구제를 추구해왔다. 아니, 거꾸로 말

해도 마찬가지다. 시인이 자신의 시와 상상력의 아름다
움과 비옥함을 자랑스레 생각할수록 이 세계의 삶은 더
욱 구차하고 지저분한 것이었다. 그러나 오규원에게는
그것이 그렇지 않다. "시(詩)에는 무슨 근사한 얘기가
있다고 믿는" 것은 "낡은 사람들" "믿고 싶어 못 버리는
사람들의/무슨 근사한 이야기의 환상밖에는"(「용산에
서」) 못 된다. 그는 시와 삶의 대결에서 시의 기쁨을 얻
는 것이 아니라 삶의 패배를 발견하며 이러한 발견은 자
신의 시에 대해 환상을 갖기보다 환멸받기를 요청한다.
오규원은 현대가 시를 가능케 하는 것이 아니라 패배를
확인시키는 시대임을 확실히 선언하고 있다. 그것은 개
인적인 주관이 아니라 보편적인 객관이며 오규원의 이
러한 고해는 따라서 다분히 문명 비판적이지 않을 수 없
다. 시에서 무언가를 기대하는 것이 "낡은 사람들"의 믿
음이라는 선언에 이를 때 우리는 엘리엇의 이른바 '황무
지'적인 세계에 우리가 속물적으로 수렴당하고 있음을
깨달으면서 이 시대와 이 시대의 삶이 시와 시인을 패배
시키고 있다는 고통스런 인식을 얻는다. 이제 세계는 전
쟁과 전쟁, 그것도 경제(!)의 전쟁과 그 표현인 산문과
산문의 시대이며 시인의 나라는 "높은 산 골짜기"로 추
방당하고 만 것이다. 우리는 이런 시대와 시에 대해 "오
해 마라"야 한다.

　　자원 전쟁 시대 유류 전쟁 시대 〔……〕 이 글은 패배 전쟁
　시대의 시 애기가 아니니 오해 마라. 시는 언제나 패배이니
　승리는 오해 마라.

시인의 나라는 높은 산 골짜기에 있다.

〔………〕

시는 추상的이니 구상的은 오해 마라. 시인은 병신이니 안
병신은 오해 마라. 지금 한국은 산문이다. 정치도 산문 사회
도 산문 시인도 산문이다. 산문적이기 위한 전쟁 시대, 시인
들이 전쟁터로 끌려가는 모습이 보인다. 끌려가는 시인의 빛
나는 제복, 끌려가지 못하는 병신들만 남아 제복도 없이 아,
시를 쓴다.　　　　　　　　　　　　　　　──「시인들」

무엇이 "시인의 나라"를 "높은 산 골짜기"로 밀어냈는
가. 무엇 때문에 "시는 언제나 패배"하도록 만드는가.
오규원이 『왕자가 아닌 한 아이에게』 제Ⅲ부에서 제기한
이런 질문들은 제I부의 시들에서 집요하게 추궁되고 검
토된다. 그가 이 시대와 삶에 대한 구조적 관찰에서 얻
은 것은, 결론부터 말하자면, 교환가치의 세계 속에 응
고되어버린 자본주의적 삶과, 거기에 순응하여 자신도
모르게 젖어든 가짜 만족이란 허위 의식이다. 요컨대 마
르쿠제가 혹독하게 비판하고 에리히 프롬이 강력하게
깨우치려 하고 있는 물신주의와 그것의 타락한 삶의 형
태다. 우선 해학적인 산문체로 진술하고 있는 「커피나
한잔」을 읽어보자.

커피나 한잔, 우리들께서도 커피나 한잔, 우리들의 緘默,
우리들의 拒否께서도 다정하게 함께 한잔. 우리들을 응시하

고 있는 창께서도, 창밖에서 날개를 비틀고 있는 새께서도 한잔. 이 50원의 꿈이 쉬어가는 곳은 50원어치의 포도 덩굴로 퍼져 50원어치의 하늘을 향해 50원어치만 웃는 것이 기교주의라고 우리들은 누구에게 말해야 하나.

용납하소서 기교주의여, 기교주의의 시간이여 커피나 한잔. 살의 사실과 살의 꿈을 지나 살의 노래 속에 내리는 확인의 뿌리께서도 한잔 드셨는지. 저 바람의 비난과 길이 기르는 불편한 발자국과 그 길 위에 쌓이는 음울한 死者의 목소리를 지나 우리들께서는 무엇을 확인하시려는가, 우리들께서는 그 패배로 무엇을 말하시려 하는가.

풀잎은 이유 때문에 흔들리지 않고, 풀잎은 풀 때문에 흔들린다고 잠 못 드신 들판께서도 피곤하실 테니 커피나 한잔.

우리는 한잔의 커피를 마시며 일상의 번잡스런 삶을 피해 조용히 입다물고 창밖을, 창밖의 날아다니는 새를 바라보며 휴식을 취한다. 그러나 이 휴식과 휴식에의 꿈이 불현듯 '50원'이란 화폐에 묶여버리는 것을 깨닫는다. 함묵하며 번잡을 거부하고 바라보면 풍요로울 수 있는 이 휴식과 창밖의 풍경이, 그리고 거기서 얻을 수 있는 행복감이 "50원어치만" 허용되고 있는 것이다. 휴식과 거기서 얻어질 기쁨이 효용가치로 무한하게 열려 있는 것이 아니라 우리가 지불할 수 있는 교환가치만큼의 액수로 단절되고 만다. 그 액수만큼만 사는 것이 삶의 기교이다. 그 기교가 우리의 요령 있는 삶이다. 그리고 우리는 그 기교주의의 시대 속에서밖에 우리를 용납하지 않는다. 삶의 "뿌리"를 확인하고 죽음의 목소리를 들으려는 우리의 원초적인 고뇌, "잠 못" 들며 괴로워하는 궁극적인 질문들도 그러므로 "50원어치"의 "커피" "한 잔"에 용해돼버리고 만다. 이것이 삶을 삶답지 못하게 만드는 배금주의의 물신 사회 구조가 인간과 맺는 삶의 양상이다. 이런 시대의 인간에게 가장 중요한 재산은 시와 정신이 아니라 재물이다. 그들은 그것이야말로 부동산이라고 믿는다. "청바지를 입은 젊은 부인들이 〔……〕 서부 사나이들처럼 늠름하게, 그리고 천천히" 걸어가는 것은 사랑이나 자연을 향해서가 아니라 "겨우 아파트나 가옥"의 부동산이며 그 부동산은 글자 그대로 "움직이지 않는, 움직일 수 없는"(「유다의 부동산」) 그들의 재산이다. 부동산 붐에서 가장 열악한 형태로 나타나는 교환가치의 시대에서는 '자유'마저 허울이다. 오규원은 「이 시대의 순수시」에서 자본주의 사회가 갖는 숱한 '자유'를 냉소적으로 열거한다. "매주 주택복권을 사는 자유, 주택복권에 미래를 거는 자유, 〔……〕//기세 좋게 택시 타고 출근하는 자유, 찰칵찰칵 택시 요금이 오를 때마다 택시 탄 것을 후회하는 자유. 그리고 점심 시간에는 남은 몇 개의 동전으로 늠름하게 라면을 먹을 수밖에 없는 자유." 이 자유에 대해 시인은 '칸트주의자'라고 말하면서 "서로의 자유를 방해하지 않는 한도 안에서 나의 자유를 확장하는" 방법이라는 주석을 단다. '칸트주의자'의 자유가 이런 형태의 자유라면 오규원은 의도했든 안 했든간에 매우 주목할 시사점을 던진다. "서로의 자유를 방해하지 않는 한도 안에서 나의 자유를 확장하는” 자유에는 이성이 기초가 되어 있다. 그리고 그 이성은 완전하고 평화로운 것이며 인간이 인간다울 수 있는 거의 유일한 자산이었다. 적어도 칸트의 시대에는 그랬고 ‘보이지 않는 손’의 작용으로 시장 경제가 조화를 얻을 수 있다고 믿은 애덤 스미스의 사회에는 그랬다. 그러나 2세기가 지나 시장과 인간이 화폐의 추구로 그 척도가 되는 현대에 이르러 완전하고 합리적인 이성은 프랑크푸르트 학파의 지도자 호르크하이머가 지적하는 도구적 이성으로 추락해버렸다. 화폐를 추구하는 데 사용되는 이성, 그것이 구성한 관리 체제의 억압을 합리화하는 이성, 그래서 인간을 비인화(非人化)시키는 소외 구조의 이념으로서의 이성이 그것이다. 이 같은 이성의 침식 상태에서는 그것이 빚고 있는 자유라는 개념도 변질하지 않을 수 없다. 자아를 완성하고 효용의 질감을 높이며 노동을 통해 쾌락을 얻는 에로스적 자유가 아니라 억압을 수락하고 오히려 그 억압 속에서 편안함을 얻어내며 일시적인 쾌락에서 행복을 얻는 것으로 착각하는 헛된 믿음의 자유가 되어버린 것이다. 오규원이 현대의 자유라고 진단하는 것은 이런 자유이며 그가 통렬하게 풍자하고 있는 편안함이란 이 헛된 자유에의 믿음에서 얻는 가짜 만족이다.

이 세상은 나의 자유투성이입니다. 사랑이란 말을 팔아서 공순이의 옷을 벗기는 자유, 시대라는 말을 팔아서 여대생의 옷을 벗기는 자유, 꿈을 팔아서 편안을 사는 자유. 편한 것

이 좋아 편한 것을 좋아하는 자유, 쓴 것보다 달콤한 게 역
시 달콤한 자유, 쓴 것도 커피 정도면 알맞게 맛있는 맛의
자유.   ——「이 시대의 순수시」

　　꿈을 꾸지 못하는 밤이 있다
　　내 몸이 편안하기 때문이다

　　꿈을 꾸지 못하는 밤이 있다
　　싸움을 망각하고 싶은 밤이 아니라
　　싸움을 포기한 밤이기 때문이다
　　　　　　　　——「빗방울 또는 우리들의 언어」

　　〔……〕 공짜는 달콤하고, 달콤한 꿈의 한때 역사는 알사
탕! 알사탕을 먹는 시간은 짧고 口腔의 空은 깁니다.
　　　　　　　　　　　　　——「戲詩」

　　이기의 알사탕은 달콤하다.
　　우리가 사는 달콤한 알사탕의 사회
　　어른이 되어서도 달콤한 알사탕을 달콤하다고 하는 사회
　　　　　　　——「환상을 갖는다는 것은 중요하다」

　　"싸움을 포기"함으로써 얻는 편안함, 그것의 '이기'적
인 '달콤함'을 "어른이 되어서도" 버리지 않는 사회에 대
한 시인의 혹독한 비판은 프롬의 『건전한 사회』를 다시
보는 느낌이다. 시인이 "논리와 질서란 자본 또는 상품,
자본화된 또는 상품화된 나와 너의 유통 경로인 것을,

편한 만남인 것을"(「불균형, 그 엉뚱한 아름다움」) 날카롭게 지적하는 것은 바로 프롬이 현대 사회와 현대인에게 가하는 비판이다. 오규원은 이 점에서, 즉 마르쿠제와 프롬이 문명 비판, 특히 자본주의 사회의 허구를 꿰뚫어본 문명 비판을 가하고 있다는 그 점에서 문명 비판의 시를 쓰고 있다. 그는 "사람들은 극적인 것을 좋아한다. 극적인 것의 허구를 모르는 저 사람들은 영원히 허구를 모를 것이다"(「유다의 부동산」)라는 경구를 통해 이 시대의 문명이 지닌 허구를 드러낸다. 교환가치와 허위의식으로 상투화해가는 이 문명에 대해 시인이 부정을 전달할 수 있는 방법론은 그렇다면 무엇일까. 김주연은 오규원의 시에 대한 분석에서 그것을 낭만주의의 유산으로서의 아이러니로 지적하고 있는데 아마 오규원의 시는 보다 현대적인 풍조인, 시법의 파괴로서의 아이러니란 방법을 택하고 있다. 그의 아이러니는 자신의 성장을 위한 끝없는 반성의 반복이라기보다 주체와 객체의 질서를 혼란시킴으로써 시점과 시어의 균형을 깨뜨리고 원래의 형태를 이지러뜨리는 데서 얻어지는 효과다. 몇 가지 예를 들어보자.

1) 연탄 가스로 죽은 사내의 관이 두 사람을 끌고 아파트 정
   문을 나갑니다
   구경꾼 속에서 라일락이 나와 관을 따라 현실 밖으로 함께
나갑니다   ——「亡靈童話」

2) 정말로 나는 한 女子를 사랑했네. 女子만을 가진 女子, 女

子 아닌 것은 아무것도 안 가진 女子, 女子 아니면 아무것
도 아닌 女子, 〔……〕   ──「한 잎의 女子」

3) 生界엔 별일 없음. 문협 선거엔 미당이 당선된 모양이고,
   내 사랑 서울은 오늘도 안녕함. 서울 S계기의 미스 천은
   17살(꿈이 많지요), 데브콘에이 중독 〔……〕
                                    ──「나의 데카메론」

4) 알사탕을 먹는 시간은 짧고 口腔의 空은 깁니다
                                    ──「戱詩」

5) 이 시가 씌어진 날은 空處로 空치는 날.
                                    ──「방아깨비의 코」

  1)에서는 시점이 요령 좋게 도치되고 있다. 두 사람이
관을 메고 나가는 것이 아니라 관이 두 사람을 끌어내고
있으며 구경꾼이 라일락을 던진 것이 아니라 라일락이
구경꾼들 속에서 뛰어나와 관 위로 올라가 시체를 따라
가는 것이다. 이 정황은 매우 해학적이어서 연탄 가스로
비참하게 죽은 사람의 불행 앞에서 우리는 웃음을 참기
힘들어지지만 이런 도착법으로 얻는 효과는 그 불행의
가속화뿐만이 아니다. 그것은 더 나아가 사물을 의인화
시킴으로써 그 반대로 인간과 인간의 감정을 의물화(擬
物化)시킨다. 움직이는 것은 사물이 아니며 사물이 인간
을 움직이게 한다──는 것은 죽음과 비극이 물질화의
세계에서 빚어지고 있다는 아이러니를 보여준다. 2)의

‘여자(女子)’는 입심 좋게 반복되면서 거의 무의미하게 보이는 동어 반복을 계속하고 있다. “여자(女子)만을 가진 여자(女子), 여자(女子) 아닌 것은 아무것도 안 가진 여자(女子) 〔……〕”와 같은 연속된 반복은 언어의 심층 구조로는 허사이다. 그러나 시인이 바라는 효과는 이 의도된 허사에 있다. 이 동어 반복을 통해서 한 여자의 모습은 점점 엷어지고 애매해져서 정작 자기가 사랑하는 여자의 형태는 스러져버린다. 그래서 ‘정말로’ 사랑한 그 여자는 “누구나 영원히 가질 수 없는 여자(女子)”로 되어버린다. 3)은 반드시 새롭다고 할 수는 없는, 파격적인 시어와 문체의 선택으로 이루어진 것이다. 인용된 「나의 데카메론」은 지루한 어느 일요일 TV와 신문으로 하루 해를 보낸 일기이다. “거리는 오늘도 안녕함. 안녕한 거리에 하품 나옴”의 무심스럽고 무의미한 일상이 그날 그가 신문을 통해 알게 된 모든 사건들마저 무의미하고 무관심스럽게 만든다. 그리하여 꿈 많은 17세 소녀가 데브콘에이에 중독되고 가슴 부푼 22세 처녀가 결핵을 앓는 비참한 상황까지 “모두 안녕함”으로 비정화된다. 이런 비인화(非人化)의 세계를 비시어(非詩語)의 대입으로 강화하고 있는 뚜렷한 예가 3)의 경우이다. 송욱의 초기시를 연상시키는 4)의 예문은 구강에서의 입 안의 빈 공간이 알사탕의 헛된 달콤함과 결합되고, ‘공친다’는 구어가 공허의 관념어에서 뽑아짐으로써 재치 있는 패러디의 효과를 얻고 있다.

이러한 여러 수법들은 일기체·논문체·구어체의 빈번한 사용과 함께 구조적으로 그릇된 이 사회의 자기 현시의 방법론을 이룬다. 오규원이 적절하게(때로 지나친 재치로 이끌어져가기도 하지만) 사용하는 이 아이러니는 주체와 객체를 도치시킴으로써 냉소적인 거리를 유지하면서 정작 우리 스스로가 객체인지 주체인지 알 수 없게 만든다. 이 몽롱한 유도법은 결국 인간이 잘못되어가는 제양상들과 함께 거짓된 자아를 참된 자기라고 믿고 있는 자기 기만을 폭로한다. 곧 없어질 '달콤함'을 영원히 달콤할 것으로 믿고 사랑이라고 생각한 것이 "공순이의 옷을 벗기는" 속임수이며 '자유'를 만끽한다는 것이 도덕적 타락과 정신적 나태감이라는, 오늘날의 사회에 미만해 있는 현상은 그것의 직설적인 노출보다는 반어적인 학대에서 보다 냉혹하게 전달된다. 오규원 자신이 전달 효과를 의식한 듯 시인의 나라의 "골짜기에는/실속 없는 장난/애매모호한 대화/무능한 노랫소리가 구름이 되어 산허리를 졸라맨다. 그때마다 산의 키가 항상 구체적으로 자란다"(「시인들」)고 말하고 있다. 그렇다면, 이렇게 폭로되고 비판되어야 할 타락한 사회에 대척될 긍정의 세계는 무엇일까.

　나의 장난기──꽃, 그 여자의 앞가슴 단추를 따고 손가락 하나를 곧추세워 유방의 꼭지를 누른다. 간지러운 사물의 젖꼭지, 부끄러운 본질의 아름다움. 세상의 순수한 모든 것은 장난을 좋아한다. 나의 장난──나의 순수와 그 철없는 사물과의 사랑.

　내 앞의 현실, 나의 가장 아름다운 해체, 나의 가장 아름

다운 환상의 입체. 빌딩과 기와집과 오물이 뒹구는 골목 사
이로 가면 기름투성이 먼지를 뒤집어쓴 잡풀들. 극기로 가는
내 꿈의 잔해들이다.   ──「보물섬」

산문시 「보물섬」의 이 첫 두 연은 모호하고 혼란된 묘
사로 이루어지고 있다. 해석하기 힘든 이미지들을 헤치
고 대충 수습해본다면 아마 이런 진술일 것 같다. 즉 그
가 긍정하는 행위는 헛된 가짜의 믿음에서 나오는 것이
아니라 "본질의 아름다움"을 밝혀주는 '간지러움을 일으
키는 장난'이며 그 장난은 "나의 순수와 그 철없는 사물
과의 사랑"이다. 다시 말하면 순수한 정신 또는 정서로
사물의 맥을 짚어 만져 들어가며 그 비의를 캐내어 사랑
하는 것이다. 이 행위는 나를 '가장 아름답게 해체'시킬
때 얻어지는 '나의 현실'인 동시 그것은 "나의 가장 아
름다운 환상의 입체"가 된다. 오규원에게 있어 '현실'은
우리의 산문 언어에서 대체적으로 통용되고 있는, 비참
하고 극복되어야 할 삶의 공간이 아니며 '사물' 역시 피
상적이고 거짓을 품고 있는, 지워버려야 할 객체가 아니
다. 그것들은 오규원의 내면에서 극히 주관적이고 개인
적으로 쓰이는 것이다. 현실과 사물은 그에게 있어 "구
체적인 것"(「당신을 위하여」)이며 만지면 간지럽고 부끄
러워하며(「보물섬」) 그래서 "에로틱"(「김해평야」)한, 말
하자면 열어보면 '보물섬'처럼 아름다운 본질이 숨어 있
는 육감적인 공간과 그 대상이다. 그러므로 우리는 이
순수하고 때묻지 않은 사물에 그것의 올바른 이름을 붙
여주어야 한다("金哥 이름 金哥에게 주고, /길에게 물어 楊

平 이름 楊平에게 주고, /〔……〕"——「버리고 싶은 노래」). '현실'과 '사물'이 이렇다면 그것의 순진무구함을 찾고, 혹은 그 속에서의 삶을 갖는다는 것은 아마 이상이며 꿈일 것이다. 더구나 이상과 꿈을 허용하지 않는 현대의 사회에서는 그것이 환상일지도 모른다. 아니, 시인은 환상이라고 말하고 있다. "환상. 흔들리는 이상의 나무 잎사귀"(「등기되지 않은 현실 또는 돈 키호테 略傳」). 이럴 때 환상과 현실은 서로 멀리 떨어져 건널 수 없는 심연을 가지면서도 그 관계는 하나로 일치될 수 있을 것이다. 우리가 순수한 사물로서 구체적으로 만져볼 수 있는 현실을 얻지 못한다면 그 현실은 환상일 것이며 그와 반대로 일상에서는 환상적이겠지만 그 환상 속에서, 마치 돈 키호테의 행동처럼 삶의 실감을 얻는다면 그것은 현실이 될 것이다. 말하자면 환상은 "등기되지 않은 현실"인 것이다. 그러므로 실제로는 작부일지라도 그녀를 보는 돈 키호테에게 귀족으로 보인다면, 그리고 그 환상 속에서 기사도의 자부심을 십분 발휘한다면 돈 키호테로서는 충분하다.

종일 말을 달림. 저녁에야 작부 둘이 서 있는 주막을 발견하고 길을 멈춤. 환상과 현실. 나의 현실은 내가 그곳에 있으므로 나의 현실, 내가 그곳에 숨쉬므로, 내가 그곳을 느끼므로 나의 현실, 잠시 눈을 감았다 뜸. 너희들은 작부. 아가씨들이여, 나의 말을 믿어주십시오. 여러분의 외모에 분명히 나타나는 바와 같은 지체 높으신 아가씨들에게 해를 가하는 것은 제가 속한 기사단에 어울리지도 합당하지도 않은 일입니다.

작부들, 작부답게 웃음을 터뜨림. 현실에서.

돈 키호테, 돈 키호테답게 웃음. 현실을 밟고 올라선 로시난테 위에서. ——「등기되지 않은 현실 또는 돈 키호테 略傳」

희극, 혹은 비극은 여기에 있다. 작부와 돈 키호테는 서로 다른 현실을 갖고 있고 그래서 그들의 똑같은 웃음소리는 서로 다른 동기에서 연유한다. 작부의 눈으로는 돈 키호테가 환상에 빠진 광인이지만 돈 키호테는 '현실 속에 뛰어들어' 귀부인을 모시고 있는 것이다. 그러므로 이 둘의 관계는 혹은 하나이면서도 그 두 가지는 영원히 상면할 수 없는 동전의 양면 같은 것이 되어버린다. 그것은 언어의 함축적인 비약이 없이도, 진정한 자유와 거짓된 자유, 사물화하는 인간과 참된 사랑을 가질 수 있는 인간 사이에 가로놓인 깊은 심연을 연상시킨다. 그리고 오규원은 이 차원이 다른 두 개의 세계에서 차라리 환상을 선택하라고 충고한다. 그 이유는 명백하다. '등기된 현실' 즉 우리가 현재 살고 있는 이 세계논 우리에게 분명히 가짜의 편안, 가짜의 만족을 주고 있기 때문이며 상상·꿈·이상·의식·몽상 등 여러 비슷한 이름으로 불릴 수 있는 세계에서 진정한 삶의 행복과 청·적·황의 원색적이고 투명한 인식을 획득하기 때문이다.

상상, 힘의 탄소 동화 작용. 늘 신생의 사물 속에서 청색의 물을 퍼올린다. 사방향의 길, 넓은 들판. 어디로 갈까?

그러나 잿더미, 無化시킨 대지 위에서만 타오르는 불빛
——적색의 환상. 잿더미 위라서 잘 보이는구나 무너지지 않
은 벽과 무너지지 않는 길. 그곳에 자리한 외로운 투명과 可
視의 나라.

　행복한 시대, 행복한 자의 땅, 몽상. 저주 있기를. 황색,
그 권태의 산기슭에 아물아물 자라는 노란 풀잎들.
——「환상 또는 비전——楊平洞 3」

　오규원은 그가 가장 힘들여 쓴 연작 '양평동'에서 '환
상이 중요함'을 집요하게 역설하고 있다. "어른이 되어
서도 달콤한 알사탕을 달콤하다고 하는 사회"를 깨뜨리
고 "아버지보다 먼저 아버지가 되기 위해서는/아버지보
다 먼저 아버지의 아버지가 되기 위해서는"(「환상을 갖
는다는 것은 중요하다」), 즉 일차원적 세계를 뛰어넘어
진정한 자유와 사랑과 행복을 얻기 위해서는 환상이 더
첩경일 수 있기 때문이다. 그래서 그는 "매일 보는 거
리" "내가 사는 不二아파트"의 상투적인 양평동의 현실
에서 벗어나 술이 좋아 쾌히 귀양길을 떠난 오도일(吳道
一)처럼, 라 만차의 돈 키호테처럼 '환상국'의 세계로
뛰어들라고 한다. 그러나 오늘의 부정적인 문명이 이러
한 환상에의 '뛰어듦'을 허락할 것인가. 그것은 실제 문
제에서가 아니라 상상의 차원에서 그렇다. 현실과 환상
은 변증법적인 관계에서 종합되고 극복되고 지양되어야
할 것이기 때문이다. 환상과 현실은 돈 키호테와 작부처
럼 접합될 수 없는 두 개의 언어로 따로 발해지는 것이

물신 시대의 시와 현실　119

아니라 서로 싸우며 갈등을 일으키고 그래서 새로운, 보다 높은 관계로 형성해가는 변증의 언어로 연결되어야할 것이다. 그 연결·형성하는 힘을 우리는 시인의 경우상상력이라 불러도 좋을 것이다. 그 상상력이 우리의 원초적인 존재에의 번민과 '처참한 선택'에의 싸움에 도달할 때 다음과 같은 아름다운 시를 얻을 것이다.

> 겨울숲을 바라보며
> 완전히 벗어버린
> 이 스산한 그러나 느닷없이 죄를 얻어
> 우리를 아름답게 하는 겨울의
> 한 순간을 들판에서 만난다.
>
> 누구나 함부로 벗어버릴 수 있는 것은 아니다.
> 더욱 누구나 함부로 완전히
> 벗어버릴 수 없는
> 이 처참한 선택을
>
> 겨울숲을 바라보며, 벗어버린 나무들을 보며, 나는
> 이곳에서 인간이기 때문에
> 한 벌의 죄를 더 얻는다.
>
> 한 벌의 죄를 더 겹쳐 입고
> 겨울의 들판에 선 나는
> 종일 죄, 죄, 죄 하며 내리는
> 눈보라 속에 놓인다.　　　　　──「겨울숲을 바라보며」